世界少年经典文学丛书

快乐王子

[英]王尔德　著
杨　平　编译

中国出版集团　现代出版社

图书在版编目(CIP)数据

快乐王子 /（英）王尔德（Wilde,O.）著；杨平编译. —北京：现代出版社，2013.2

ISBN 978-7-5143-1265-2

Ⅰ.①快… Ⅱ.①王… ②杨… Ⅲ.①童话-英国-近代-缩写 Ⅳ.①I561.88

中国版本图书馆 CIP 数据核字（2013）第 021153 号

作　　者　王尔德
责任编辑　李　鹏
出版发行　现代出版社
通讯地址　北京市安定门外安华里 504 号
邮政编码　100011
电　　话　010-64267325　64245264(传真)
网　　址　www.xdcbs.com
电子邮箱　xiandai@cnpitc.com.cn
印　　刷　三河市嵩川印刷有限公司
开　　本　700mm×1000mm　1/16
印　　张　9
版　　次　2013 年 2 月第 1 版　2021 年 8 月第 3 次印刷
书　　号　ISBN 978-7-5143-1265-2
定　　价　29.80 元

序　言

孩子是未来的希望，是父母心中的天使，是充满快乐的精灵。小学阶段更是孩子最快乐的时光，是孩子成长发育的黄金阶段。为了让孩子学习更多的课外知识，享受更加丰富的学习乐趣，我们策划了本丛书！

从小让孩子多读课外书，对培养孩子健康的心态和正确的人生观无疑将起着非常重要的作用。自《语文课程标准》公布以来，不少富有敬业精神、有才干的教师，在他们的教学中，担当起阅读教育的重担。他们在严谨的选材中，利用丰富的文学资源，向学生推荐了大量优秀的课外读物，实施了以“练成阅读和作文的熟练技能”为重要内容的阅读教育。大千世界充满了丰富的知识。阅读能丰富小学生的语文知识，增强阅读能力，提高写作水平，开阔视野，增长智慧。阅读本丛书，能够使孩子享受到阅读的快乐，激发起更浓厚的阅读兴趣，孩子的生活将充满新的活力与幸福！本丛书精选了世界名著和中国经典书目中流传最广、影响最大、最脍炙人口的作品，是培养小学生理解能力、记忆能力、创造能力的最佳课外读物。

最后需要指出的是，本丛书把世界上流传甚广的经典童话、寓言等也尽收其中，并将这些文学作品重新编写审订，使作品在不影响原著的基础上更适合少年儿童阅读，在丰富他们课余生活的同时提高语言和文字表达能力。本丛书通过科学简明的体例、丰富精美的图片等有机结合，使小读者不仅能直观地领略作品的精髓，而且还能获得更为广阔的文化视野和愉快体验。希望本丛书能成为孩子生活的一缕阳光照亮孩子前进的道路，能成为一丝雨露滋润孩子纯净的心灵。

编　者

目　录

快乐王子

石榴之家

快乐王子

献 给

卡罗斯·布莱克

快乐王子

快乐王子的像被放置在一根高圆柱上面，远远地在城市的上空矗立着。薄薄的纯金叶子包着他的全身，一对蓝宝石嵌在他的眼睛上，一只很大的红宝石镶嵌在他的剑柄上，发出亮闪闪的红光。

他确实享有着普通人的赞美。一个市参议员为了说明自己对艺术有一定的鉴赏力，说过：“他像风信标①那样美丽，”不过他又害怕别人会认为他是一个不现实的人（其实他并不是不现实的），便加上一句：“只是他的用处比不了风信标大。”

“你要是能像快乐王子那样该多好呢？”一位温柔的母亲劝说着那个泣不成声要月亮的孩子，“快乐王子从来不会想到会哭着要

① 或译定风针。

东西。”

“看到这世界上竟然还存在一个人是很快乐的，我也很快乐。”一个犹豫的人望着这座无与伦比的像若有所思地说。

“他就是一个天使，”孤儿院的孩子们说，他们披着鲜艳明显的猩红色斗篷，遮胸洁白如雪，刚从大教堂而来。

“你们怎么想的？”数学先生说，“你们从未见过一位天使长什么样子。”

“啊！可是天使以前来到我们的梦里，”孩子们答道。数学先生皱着双眉，没有笑容，因为他不支持小孩子做梦。

有一个晚上一只小燕子在城市的上空飞过。六个星期以前他的朋友们就都搬去了埃及，而他却落在后面，因为他十分不愿离开那根最漂亮的芦苇。他与她相遇在初春，那时他正沿河而飞，追赶一只黄色的飞蛾，他看到了芦苇的苗条身材就站住同她聊起天来。

“我可以爱你吗？”燕子说，他的性格很直爽。芦苇对他深深地弯腰，他便在她的身边不停地转圈，翅膀轻点着水面，波粼微微，他用这种方式传递着他的爱意，在这样的恋爱中他渡过了一整个夏天。

“你愿意和我一起离开这儿吗？”他最后受不了了问芦苇，然而芦苇摇摇头，她真的不想离开家。

“原来你以前跟我只是需要一份快乐，”他叫道。“我“这样的恋爱真无趣，”别的燕子嘀咕地说，“她那么穷，而且亲戚太多。”的确河边芦苇漫无边际，到处都是。当秋天来了，他们都飞走了。

他独自一人留在这里，开始感到了孤单，对他的爱人厌烦起来。他说：“她不说话，我还担心她是一个轻浮的人，因为她老是跟风说笑。”这话确是事实，每当风一吹，芦苇就行着最令人陶醉的屈膝礼。他又说："我相信她是喜欢居家的，可是我热爱旅行，那么我的妻子也要像我一样喜欢旅行才对。"

"现在到金字塔那边安家了。再会吧!"他飞走了。

他飞了一整天，在晚上他飞到这个城市。"我在哪儿休息呢?"他说，"我期待城里已经为我把住所准备好了"。

接着他就望到了立在高圆柱上面的那座像。他说："我就在这儿睡觉吧，这还是一个空气流通的好住处。"他便飞下来，正好飞在快乐王子的两只脚中间。

"我找到了金子做的睡房，"他环视了四周，轻轻地自言自语，他准备睡觉了。但是他刚刚用翅膀掩住头的时候，突然大大的一个水滴落到他的身上来。"多么神奇的事!"他叫起来，"天上万里无云，星星也如此闪烁，怎么会下起雨来了。北欧的天气真是糟糕。芦苇一向都喜欢雨，不过那只是她的自私。"

然后又一滴落在他的身上。

"要是一座像不能有遮雨的功能，那么它还有什么用处?"他说，"我应该去寻找一个好的烟囱树，"他决定离开这座像。

可是没等他起飞，第三滴水又落了下来，他抬头向上看，他看见——啊！他看见了什么呢?

快乐王子的眼中充满泪水，泪珠顺着他金灿灿的脸颊向下流淌。月光照射在他的脸上，把他的脸映衬得很漂亮，叫小燕子的心里也充满了许多的同情。

"你是谁?"他问道。

"我是快乐王子。"

"那么你为什么哭?"燕子又问，"你看，我浑身上下都被你的泪水打湿了。”

“在我没死以前，有一颗人心的时候，”王子轻轻地答道，“我并不知道眼泪是什么东西，因为我那个时候住在无忧无虑的宫里，那里面没有一点儿的悲哀。白天有人陪我在花园里嬉戏，晚上我又在大厅里翩翩起舞。一道高墙把花园围住，我眼前的一切都是完美的，就从没有想到去问别人墙外是怎样的景象。我的臣子都称我为快乐王子。还好，如果视玩乐为快乐，我的确就是快乐的。我快乐地活着，我也快乐地死去。我死了，他们就把我放在这儿，还站得这么高，让我看到了我这个城市的所有悲劣和贫苦，我的心虽然是铅做的，但我情不自禁地流泪。”

“怎么，他并不是纯金的？”燕子轻轻地自言自语，他很懂得礼貌，从不对别人的私事乱说。

“远远的，”王子声音很小却有一丝乐感。“远远的，在一条小街上有一所房子，很显然住着穷人。一扇窗没有关，我望见窗内的桌子旁边坐着一个妇人。她看似体弱多病。她的一双手粗糙，红胀，指头上满是针眼，因为她是一个裁缝。她正在一件锦衣上绣花，绣的是西番莲，这是给皇后的最漂亮的宫女准备的，她们要穿着它跳舞。在这屋子的黑暗处，她的小孩卧病在床。正在发热，哭着吵着要吃橙子。他母亲一无所有，只有给他喝水，所以他在哭。燕子，燕子，小燕子，你是否能取下我剑柄上的红宝石，送给她？我的脚钉在这个像座上，无法动身。”

“我要去找在埃及的同伴，”燕子说。“他们正在尼罗河上空盘旋，同大朵的莲花聊天。他们马上就要到尊敬的国王的坟墓里去睡觉了。那儿只有国王独自一人睡在他彩色的棺村里。他的身子是用黄布裹着全身的，为防腐烂还充满了香料。脖子上挂着一串浅绿色的翡翠项链，他的一只手纤细干枯。”

“燕子，燕子，小燕子，”王子央求道，“我就让你陪伴我留一个晚上，做一回我的信差可以吗？那个孩子实在是太渴了，他母亲却没有办法。”

“我不喜欢小孩，”燕子回答道，“我记得上一个夏天，我停在河边的时候，有两个粗野的小孩，就是磨坊主人的儿子，他们常常用石头打我。虽然说他们没有打中——我们燕子动作矫健，不会给他们打中，而且我的家族一向以敏捷而著称，我对此一点儿也不怕。不过这怎么也算是一种粗鲁的行为。”

然而快乐王子的脸色显得那样地忧伤，以至于小燕子的心也很难受。他便说：“这儿冷得要命，但是我愿意陪你过一夜，我高兴做你的邮递员。”

“小燕子，十分感谢。”王子说。

燕子便衔下王子剑柄上的那块大红宝石，把它含在嘴里飞起来，飞过一排排的屋顶，向远处飞去了。

他飞过大教堂的塔顶，望见那里的大理石的天使雕像。他飞过王宫，耳中传来跳舞的音乐声。一个漂亮的少女与她的情人正向露台走来。“你看，好闪亮的星星，爱的魔力太神奇了！”他对她说。“我期待我的衣服早点到，不要误了舞会，”她继续说道，“我吩咐她们在上面绣了西番莲花，但是那些女裁缝很慢。”

他飞过河面，看见有成千上万的灯笼挂在船桅上，他又飞过犹太村，看见一些古稀的犹太人正在为生意争论，把钱放在铜天平上称量。终于他来到了那所穷人的屋子，向里望，小孩发病了在床上来回翻滚，母亲睡得很沉，因为她太疲劳了。他跳进窗内，把红宝石放在桌上，靠近妇人的顶针。过后他又悄悄地绕着床飞了一阵，用翅膀扇着小孩的前额。“我觉得好凉爽，”孩子说，“我的病一定是好了。”便进入梦香，他睡得又香又甜。

燕子回到快乐王子的身边，把事情的过程讲给王子听。他又说：“我觉得十分奇怪，在这么寒冷的天气里，我的体内却暖乎乎的。”

“那是因为你做了一件好事。”王子说。小燕子琢磨着，很快就进入了梦乡。他向来如此，只要一思考，就会打瞌睡的。

天亮以后他到河中洗了一个澡。一位禽学教授正好路过，看见了，便说：“真是一件奇怪的事，冬天里会有燕子！”他便写了一封长信叙述这件事情，并把它刊登在城市的报纸上。每个人都来看这封信，尽管信中有好多语句不理解。

“今晚我要到埃及去，”燕子说，他面对着旅程，心里兴奋激动。他把城里所有的公共纪念物一览无余都看遍了，并且还在教堂的尖顶上休息过。不管他走到哪里，麻雀们都吱吱作响地相互交谈：“这是一位多么特殊的生客！”因此他玩得异常开心。

月亮刚挂天边，他飞回到快乐王子那里。他问道：“你在埃及有什么事需要我吗？我就要起程了。”

“燕子，燕子，小燕子，”王子说，“你可不可以再陪我度过一夜？”

“同伴们在埃及等我，”燕子回答道。“明天他们就要飞去尼罗河上游去往第二瀑布，那里河马睡在纸草中间，门农神①坐在花岗

① 希腊神话中埃塞俄比亚人之王，在特洛伊战争中为阿基里斯杀死，宙斯赐予永生。

石的宝座上。他整夜守卫星星，到晨星初明的时候，他开始高歌，然后就不说话了。正午时分，黄狮一群群地走下河边来饮水。他们的眼睛好似绿柱玉一样，他们的喊声都掩盖了瀑布的叫声。”

“燕子，燕子，小燕子，”王子说，“远远的，在城的那一边，我眺望在顶楼里面住着一个年轻人。正在一张充满稿纸的书桌上低头写字，手边是一束枯萎的紫罗兰用一个大玻璃杯盛着。棕色的头发乱糟糟，嘴唇像红的石榴一样，眼睛很大却迷惘。他在写一个戏，准备写成给戏院经理送去，可是他冻得很，以至无法写字。炉子里没有火，他又饿得受不了。”

“我可以陪你再待一夜，”燕子说，他的心肠的确太善良。“你要我也给他送一块红宝石去吗?”

“唉！我只有一颗红宝石，”王子说，“我目前还有一对眼睛。它们是用宝贵的蓝宝石做成的，这对蓝宝石还是一千年前在印度发掘的，请你把其中的一颗送给他。他会把它卖给珠宝商，换许多钱来买食物、买木柴，这样就可以让他完成他的创作。”

“我尊敬的王子，我怎么能这样做。”燕子哭着说道。

“燕子，燕子，小燕子，”王子说，“你就按我吩咐的去做罢。”

燕子便衔出王子的一只眼睛，飞往那个年轻人的住处。屋顶上有一个洞，不用使劲就能进去，他便从洞里飞了进去。那个年轻人正在思考，没有听见燕子的翅膀飞动的声音，当他抬起头来，却看见在衰败的紫罗兰上面有颗漂亮的蓝宝石。

“我现在已开始被人所观注，”他叫道，“这是某一个人因赞赏而送给我的，我现在可以让我的戏完成，”他露出很快乐的样子。

第二天燕子又飞到港口去。他在一只大船的桅杆上休息，望着水手们用粗绳把大箱子从船舱拖出来。每次拖一只箱子，他们就喊着："唉呦！……""我要到埃及去了！"燕子大声叫道，可是谁都没注意他，等到月亮升起的时候，他又回到了快乐王子身边。

"我是来向你告别的，"他叫道。

"燕子，燕子，小燕子，"王子说，"你不可以陪我再过一夜吗？"

"现在正是冬天，"燕子答道，"寒冷的雪即将来到这儿，而现在的埃及，温暖的阳光照在浓绿的棕榈树上，特别美丽，鳄鱼躺在泥沼里，懒洋洋地环顾周围。朋友们正在巴伯克[①]的太阳神庙里安家，旁边的观众是淡红的和雪白的鸽子，还不时地谈情说爱。亲爱的王子，我必须要走了，我会把你记在心里的，明年春天我会带回两粒漂亮的宝石给你，补偿你给了别人的那两颗。我送你的红宝石会比一朵红玫瑰还艳丽，蓝宝石会比大海还湛蓝。"

"有一个卖火柴的女孩，正在这下面的广场上。"王子说。"她把她的火柴都散落在沟里了，它们全湿了。如果她一分钱没挣，定会遭到父亲的殴打，她现在哭得很伤心。她赤着脚板，小小的头上没有一顶帽子。你把我另一只眼睛也取下来，送给她，那样她就会逃脱父亲的打骂了。"

"我同意陪你再过一夜，"燕子说，"也不想取下你的眼睛。如果这样你会什么都看不见了。"

"燕子，燕子，小燕子，"王子说，"你就照我说的做。"

---

① 巴伯克，即赫利奥波利斯，古埃及城市，在尼罗河三角洲上，建有祀奉太阳神的庙宇。

他便取下王子的另一只眼睛，带着它飞向广场。来到卖火柴的女孩面前，把宝石慢慢放在她的手掌心里。“这块玻璃太美丽了！”小女孩叫起来，她高兴的向家中跑去。

燕子又返回到王子那儿。他说：“你现在什么也看不到，我想永远陪在你的身边。”

“不，小燕子，”善良的王子说，“你最好还是到埃及去。”

“我无论如何不会离开你了，”燕子说，他就在王子的脚下睡觉。

第二天他在王子的肩上坐了一整天，给王子讲起他在那些稀奇古怪的国土上所看到的一切事情。他讲起那些红色的朱鹭，它们列队整齐地站在尼罗河岸上，用它们的长嘴捕食金鱼。他讲起斯芬克斯，它能跟宇宙一样长生不老，住在沙漠里面，无所不晓。他讲起那些商人，手里握着琥珀念珠，跟在他们的骆驼后面，走速缓慢。他讲起月山的王，他黑黝黝，崇拜一块大水晶。他说起那条大绿蛇，它睡在棕榈树上，有二十个和尚给它喂蜜糕。他讲起那些小矮人，他们把扁平的大树叶当作小船，乘着树叶渡过大湖，又常常同蝴蝶打仗。

“可爱的小燕子，”王子说，“你给我讲了这么多有趣的事情，然而再没有比人们的苦难更特别的了，再没有比贫穷更难受的了。小燕子，你就盘旋这个城市的上空飞一圈罢，然后把你在这个城里所见所闻告诉我。”

燕子便在这个大城的上空飞来飞去，他看见享乐的富人住着漂亮的住宅，大门外却是穷人受冻。他飞进无光的小巷里，看见那些饥饿的小孩伸出苍白的瘦脸望着暗黑的街道，没有任何精神气儿。

在一座桥的桥洞下面卧病两个小孩，他们相互依偎，想使身体得到一点儿温暖。“我们多么渴望能有丁点儿吃的东西啊！”他们说。“你们不可以躺在这儿。”看守人叫道，他们无奈地站起来淋雨离去。

他回去便把所见的情景告诉了王子。

“我全身上下贴的都是纯金，”王子说，“你给我把它们剥下来，赠送给那些穷人，世间的人都认为只要有了金子，他们就能快乐。”

而燕子把纯金一片一片地啄了下来，最后快乐王子就变得没有颜色很难看了。小燕子又把纯金一片一片地给那些贫苦人送去。小孩们的脸颊上高兴得红润起来，他们在街上玩着，大声欢呼：“我们现在有面包了。”他们非常快乐。

随后下雪了，严寒也来到了。街道看上去银光闪闪，它们既亮又光灿夺目，长长的冰柱如水晶般的短剑悬挂在房檐前，人们都穿上了皮衣，小孩们也戴上红帽子溜冰嬉戏。

无助的小燕子感觉寒冷在与日俱增，而他就是不想离开王子，他太爱王子了。他只有在面包师不注意的时候，在面包店门口啄一点儿面包屑充饥，并且不断地拍着翅膀保持暖和。

但是最后他知道自己不成了。他还剩一点儿力气，支撑他再一次飞到王子的肩上去。“亲爱的王子，再见罢！”他轻轻道，“你肯让我亲吻你的手吗？”

“小燕子，我很高兴你马上要去埃及了，”王子说，“你停留这儿的时间太长了，不过你应该亲我的嘴唇，因为我爱你。”

“我现在不能到埃及去，”燕子说。“我是去往死亡的国家。听说死与睡是兄弟，对吗？”

他亲吻快乐王子的嘴唇，然后跌在王子的脚下，死去了。

此时此刻，这座像的内部突然起了一个奇怪的爆裂声，好像是什么东西爆碎了。其实那是王子的一颗铅心裂成了两半。这真是一个让人伤心的严寒天气。

第二天清早市长由市参议员们陪着在下面广场上散步。他们经过圆柱时，市长仰视了快乐王子的像。“啊，快乐王子真是太难看了!”他说。

“的确很丑!”市参议员们应和，他们平常就是这样一直顺从市长的意见，这时大家走到跟前认真地查看。

“他剑柄上的红宝石消失了，眼睛也没有了，他身上的黄金也都没有了,”市长说，“说实话，他与一个乞丐没有差别!”

“与一个乞丐相差无几,”市参议员们说。

“他脚下还有一只死燕子!”市长又说，“我们的确需要发一个信息，严禁鸟在这儿死亡。”书记员马上把这个命令记录下来。

以后他们就把快乐王子的像清毁了。大学的美术教授说：“他的美丽不在，那么他也就成了无是处。”

他们就用火炉把这座像熔化了，市长便号召众人开会，来讨论金属还可以有什么用。“自然，我们应该另外打造新像,”他说，“那么就铸我的像吧。”

“不，还是铸我的像。”每个市参议员纷纷推举自己，他们争吵起来。我后来听人说起他们，据说他们的争吵还在继续。

“这件事真是让人发愁,”铸造厂的监工说。“这块破碎的铅心在炉里无论怎样也不熔解。我们只能把它扔掉。”他们便把它扔在一个垃圾堆上，与那只死燕子在一起。

“到这个城里为我寻找两件最珍贵的东西给我，”上帝告诉他的一个天使，天使找到铅心和死鸟带到上帝面前。

“你的选择太对了，”上帝说，“因为我可以让这只小鸟长久地在天堂的园子里歌唱，让快乐王子住在我的金城里与我以歌颂。”

夜莺与蔷薇

“她说她一旦得到我的一朵红蔷薇，她就和我跳舞，”年轻的学生叫着说，“可是我的花园里，却没有一朵红蔷薇。”

夜莺的家在常青橡树上，她在巢中听到他的话，透过绿叶丛向外观望，很是奇怪。

“我把整个花园搜寻一遍，也没发现一朵红蔷薇，”他带哭腔说，漂亮的眼睛里充满了泪水。“唉，从没想到幸福竟破坏在如此渺小的事情之上！我读过了那些优秀人写的东西，研究学习学问的秘密，然而却因为缺少一朵红蔷薇，我就要开始伤心的生活。”

“现在终于找到一个真爱了，”夜莺自言自语。“我虽然与他不认识，可是我夜夜都在为他唱颂歌。我每夜把他的故事讲给星星听，现在我的双眼终于看到了他的容颜。他黑色的头发像绽放的风信子，他的嘴唇就像他想拥有的蔷薇那样红。可是无奈使他的脸变得像一块泛白的象牙，烦恼已经印上他的眉梢了。”

“王子明天晚上要开舞会，”年轻的学生自语说，“我所爱的人要去跳舞。倘若我能送她一朵红蔷薇，她整个夜晚都会与我一起跳舞。要是我送她一朵红蔷薇，她也许会投入我怀里，让她的头靠着我肩膀，我们手拉手。但我的园子里找不到红蔷薇，我就只能一个人地干坐在那儿，她会走过我面前看都不看我。她对我的漠视，让我心痛。”

“这的确是一个专一的情人，”夜莺说。“我所歌唱的，正是让他感到痛苦的东西。而我认为幸福的东西，却构成了他的伤痛。爱情真是一件神奇的东西。它比绿宝石更珍贵，比猫眼石更有价值。用珠宝无法将其实现。它不是在市场上买卖的商品，它也不是可以从商人那儿得到的，也不能据其轻重论价。”

“演奏都会坐在他们的廊厢里，”年轻的学生说，“拨动他们的弦乐器，我心爱的人会伴随竖琴和小提琴的声音飞舞。她轻快的步伐，犹如飞燕，那些穿着美丽衣服的朝臣们会层层将她包围。可是她不会理睬我，因为我没有红蔷薇带给她。”于是他倒在草地上，双手蒙住脸哭起来。

“他为什么哭？”一条小小的绿蜥蜴竖起尾巴跑进来，这样问道。

“就是，是什么原因？”一只蝴蝶说，他伴着阳光跳舞。

“就是，是什么原因？”一朵雏菊温柔地低声询问他的邻居。

“他为了一朵红蔷薇在哭！”夜莺答道。

“为了一朵红蔷薇！”他们喧闹着，“真是好笑！”小蜥蜴一直都喜欢嘲笑别人，他笑的声音很大。

然而夜莺理解学生的烦恼，她静静地坐在橡树枝上，想着琢磨不透的爱情。

忽然她张开她的棕色翅膀，往空中飞去。她穿过树林，飞过了花园，她飞快地飞着。

因为她看见了一棵树，耸立草地中央，她飞过去，栖在它的一根枝叉。

“给我一朵红蔷薇，”她清脆地说，“我会把我最动听的歌唱给你听。”

然而这棵树摇摇脑袋。

“我的蔷薇是白的，”它回答，“纯洁的如大海中的浪花，盛过了峰顶上的积雪。你去问问我那个兄弟吧，它长在旧日晷仪旁边，也许他会同意你的要求。”

夜莺飞过那棵生长在日晷仪旁边的蔷薇树。

“给我一朵红蔷薇，”她清脆说，“我会把我最动听的歌唱给你听。”

然而这棵树摇了摇脑袋。

“我的蔷薇是黄的，”它答道，“黄橙橙的就像坐在琥珀宝座上的美人鱼的头发，比刈草人身带镰刀到来以前在草地上盛开的水仙更黄。去问问我那个兄弟吧，他长在学生窗下，也许他会满足你所需要的东西。”

夜莺纵身飞到那棵长在学生窗下的蔷薇树上去。

“给我一朵红蔷薇，”她清脆地说，“我会把我最优美的歌唱给你听。”

可是这棵树左右摆动头。

“我的蔷薇是红的，”它答道，“像鸽子脚那样鲜艳，比在海洋洞窟中飞舞的珊瑚大扇还红。可是冬天已经冻坏了我的血管，霜已经冻死了我的花苞，我的树枝也被风雪给折断了，我今年不会再开花了。”

“我只要一朵红蔷薇，”夜莺说着。“只是一朵红蔷薇！我还有别的办法可以得到它吗？”

“有一个办法，”蔷薇树回答，“只是那有点儿恐怖，我不敢告诉你。”

“告诉我吧，”夜莺说，“我不胆怯。”

“仅仅你想要一朵红蔷薇，”树说，“你一定要寻求月光用音乐制造，并且用你的心血把它染红。你把我的一根刺扎到你的胸膛上，还要唱歌给我听。你必须一整夜地给我唱歌，那根刺必须要穿透你的心。你的鲜血也一定要流入我的血管里而成为我的血。”

“用生命交换一朵红蔷薇，代价也太大了，”夜莺大声说，“对于任何人来说生命都是很宝贵的。坐在绿树上观看着太阳驾驶着他的金马车，月亮运载着她的珍珠马车出来，是一件多么让人快乐的事。还有芬芳的山楂气味，桔梗逃避在山谷里，石楠在山头盛开，但它们的香味也是动人的弦。但生命难抵爱情，而且一只鸟的心怎么能跟一个人的心相比呢？”

她便扇动她的棕色翅膀飞起来，飞到空中去了。她路过花园，又穿过了树丛，迅速飞去。

年轻的学生依旧躺在草地上，跟她之前离开他的时候一样，他那漂亮的眼睛里依然泉涌着泪水。

“你要快乐起来，”夜莺大声说，“你要高兴啊，你就会拥有一朵红蔷薇的。我要利用月光用音乐造成它，并用我的心血把它浸染。我只请求你做一件事来报答我，就是你要做一个专一的情人，因为无论哲学是多么的高尚，爱情却比她更聪明，不管权力伟大到怎样，爱情都比他更伟大。爱情的翅膀的颜色像火焰，他的全身也拥有火焰一样的颜色。他的嘴唇甜甜的；他的气息香得跟乳香①一样。”

学生在草地上抬起头，并且侧着耳朵倾听，但是对夜莺所讲得一切他是一点儿也不理解，因为他除了书本上的事情，别的什么都不了解。

而橡树明白，他觉得很伤心，因为他很喜欢这只在他树枝做巢的小夜莺。

“我想请你在最后再给我唱一曲，”他轻轻地说，“你没有了，我会觉得很寂寞。”

夜莺便唱歌给橡树听，她的声音美妙动听。

听完她的歌，学生便站起来，从他的衣袋里拿出一个笔记本和一支铅笔。

“她很美丽，”他对自己说，便穿过树丛离去了——“这是没有办法否认的；可是她有情感吗？我想她可能少点儿东西。事实上她没有区别于其它的艺术家；她只有外表的美丽，却缺乏一点儿真诚。她不会因为别人而奉献自己。她只对音乐喜欢，每个人都知道艺术是只想自己的。但是我还是同意她的声音里也有些动人的调子。只是它们没有生气，也没有一点儿实在的好处。”他走进屋子，躺在床上休息，又想起他的爱人，过一会儿，他便睡熟了。

夜初上，夜莺便飞到蔷薇树上来；用她的胸脯对着蔷薇刺。她把胸脯抵住刺把歌声充满了整个黑夜，高傲的冷月也俯首安静地听着，她唱完一整夜，蔷薇刺也刺入她的胸膛，越刺越深，她的鲜血

---

① 以色列民族烧的一种香。

也越来越少了。

她先是歌唱一对青年男女心中的爱情①。在蔷薇树最高的枝上绽开了一朵神奇的蔷薇，伴随着一首一首的歌，花瓣也一片一片地开放了。花起初是乳白的，就像飘渺的雾，又像晨光的脚，银白色犹如黎明的羽翼。那朵在最高枝上开花的蔷薇，就像一朵蔷薇在湖面上映出的花影，还像一朵蔷薇花映在水池中的影。

可是树叫夜莺把刺顶得更紧一点儿。“使劲些，小夜莺，”树大声说，“否则，蔷薇就无法在黑夜中完成。”

夜莺就用力抵着蔷薇，她的歌声也越来越清脆响亮了，因为她现在唱的是一对成年男女心中的爱情②。

一层娇润的红晕染上了蔷薇花瓣，如同新郎亲吻新娘的时候，他脸上泛起的粉红色一样。因为刺还没有刺中夜莺的心，所以蔷薇的心还是洁白的，只有夜莺的心血才可以浸染蔷薇的心。

树叫夜莺把刺扎得再紧一点。“使劲些，小夜莺，”树大声说，“否则，蔷薇没办法在黑夜中完成。”

夜莺便把蔷薇刺再抵得用力，刺进入了她的心。全身感到一阵难以言语的痛。她痛得越厉害，她的歌声唱得越明亮，因为她唱到了用死来成全的爱，在坟墓里永垂不朽的爱。

这朵神奇的蔷薇变成了深红色，如东方天空的红霞。花瓣的外圈是深红的，花心红得像一块红玉。

而夜莺的歌声越来越弱了，她的小翅膀飞扇着，她的眼睛迷雾

---

① 原文是“爱情的产生（the birth of love）”，现将“产生”一词略去。

② 原文是“热情的产生（the birth of pasmon）”，现将“产生”一词略去。

缭绕。她的歌声越来越小，她觉得张不开她的喉咙。

最后她唱出了最后的歌声。月亮听到歌声，久久地悬空不移。红蔷薇听见它，便带着深深的激动颤抖着，在清晨的清凉中张开花瓣。它的回声传到山中的紫洞里面，将酣睡的牧童从美梦中唤醒。它又飘过河畔芦苇丛中，芦苇又把它的事情给大海带去。

“看啊，看啊！”树叫起来，“现在蔷薇开完了。”可是夜莺却没有声音，因为她已经死在长得高高的青草丛中了，心上还紧紧地插着那根蔷薇刺。

学生在中午打开窗往外看。

“啊，太走运了！”他嚷起来；“这儿有一朵红蔷薇！我以前从没见过这样一朵蔷薇。它真美，我认为它定有美丽的拉丁名字。”他弯下身子到窗外去采摘。

然后他戴上帽子，拿着红蔷薇，向教授家跑去。

教授的女儿坐在门口，正在纺车上纺线，她的脚边睡着一只小狗。

“你说过我若是给你一朵红蔷薇，你就会同我跳舞，”学生高声说。“我把这朵全世界中最美的蔷薇送给你。今晚上你把它放在你胸前，我们一块儿跳舞的时候，它会告诉你，我多么爱你。”

可是少女将眉头紧锁。

“我忧虑它与我的衣服不合适，”她答道，“并且御前大臣的侄儿送了我一些珍贵珠宝，人人都知道花的价钱不能与珠宝相比。”

“好吧，我实实在在告诉你，你是背信弃义的。”学生愤怒地说，他把花丢到街上去，花刚好被扔进路沟，一个车轮从它身上碾了过去。

“背信弃义?”少女说。“我实话告诉你，你太粗鲁了，而且你到底算老几?你仅仅是一个学生而已。唔，你绝不会像御前大臣的侄儿那样在鞋子上钉有银扣子，”她起身进入了房间。

“爱情这个东西真是无趣，”学生一边走，一边说。“它的用处顶不上逻辑的一半儿。因为它无法说明一切，它只会告诉人一些不切实际的事，并且还不断教诲别人对这些事要相信。总之，它是真正的虚伪，并且在我们这个世界，一切都要讲现实，我还是回到哲学上去，认真是去研究亚里士多德吧。”

他又回到他的屋子里，拿出一本灰尘覆盖的大书研究起来。

自私的巨人

孩子们在每天下午放学以后，都愿意来巨人的花园里嬉戏。

这是一个美丽的大花园，园里长满了嫩嫩的青草。美丽的花朵如星星般分散在草丛中；还有十二棵桃树，在春天开出粉红色和淡黄色的鲜花，在秋天硕果累累。小鸟们坐在树枝上唱出动人美妙的歌声，它们唱得那么清脆，以至于孩子们都停止了游戏而倾听它们的歌声。“我们在这儿好开心!”孩子们互相欢呼。

有一天巨人回家了。他前些日子离家看他的朋友去了，他是在康华尔的地方的吃人鬼。他在那里一直住了七年。住了七年之后，他已经把他要说的话说完了（因为他比较沉默），他便打算回到他自己的家去。他到了家，看见小孩们正在花园里玩。

“你们在这儿做什么?”他生气地叫道，小孩们都吓跑了。

“我自己的花园属于我一个人，”巨人说，“这是任何人都明白的，除了我本人以外，我不同意别人到这儿来玩。”所以他就盖了一道高墙把花园围了起来，挂上一块布警示牌。

不准擅入
违者重惩

他是一个自私的巨人。

那些可怜的小孩们现在无处能够嬉戏了。他们只好不高兴地在街上玩，但是街道到处是灰尘，到处都是坚硬的石子儿，孩子们不愿意在这儿玩。他们放学以后常常在高墙外面徘徊，谈论的话题总是墙内美丽的花园。“我们以前在那儿是多么快乐啊。”他们都这样说。

已是春天了，乡下漫山遍野都开着小花，在每个角落都能听到小鸟歌唱。仅仅巨人的花园是一片冰冷的景象。鸟儿不喜欢来他的花园里唱歌，因为那里不再有小孩的身影，树木也忘了发芽儿。曾有一朵漂亮的花从草间探出头来，但一看见那块布告牌，就非常可惜那些可怜的孩子，它马上就缩回身子，又开始了冬眠。只有雪和霜二人为此非常高兴。她们嚷道：“春天把这个花园忘记了，所以我们始终都可以住在这儿。”雪用她的白色大氅把草全部覆盖了，霜把所有的树枝都打扮成银色。她们还请北风一齐坐客，他应邀前来。他身上穿着皮衣，一天到晚地在园子里四处乱跳，把烟囱管帽也吹歪了。他说：“这是一个很舒服的地方，我们一定要请雹来玩耍。”于是雹来了。他天天总要在这花园的屋顶上跳跃三个小时，把瓦片弄坏了许多才结束。然后他又绕着圈子在花园里疯跑。他穿一身的灰色，他的呼吸就像冰一样。

“我不知是为什么让春天来得这样晚，”巨人坐在窗前，眺望窗外那冬天里散落霜雪的花园，自言自语，“我希望天气很快就会变好。”

可是春天还是不来，也看不到夏天的影子。秋天把黄灿灿的果实奉献给每个花园，但巨人的花园却一无所有。“他太自私了。”秋天这样说。可那儿只有冬天，还有北风，雹，霜和雪，他们高兴地在树丛中跳舞。

一天早晨巨人在床上起来，一阵美妙的音乐传入他的耳中。这音乐非常动听，他以为一定是国王的乐队在他的门外经过。其实这只是一只小小的梅花雀在他的窗外鸣叫，但是他很久没有听见一只小鸟在他的园子里有音乐的声音了，所以他会觉得这是全宇宙中最美妙的音乐。这时他头上的雹也停止了飞舞，北风也以一股芬芳的气息穿过开着的窗来到他的鼻下。“我相信春天终于来了。”巨人说，他便跳下床去从窗户向外看。

他看见了什么呢？

他发现一个非常神奇的景象。孩子们通过墙上一个小洞爬到园子里来了，而且都在树枝上面坐着，他看到棵棵树上都有一个小孩。树木为能有孩子的气息十分高兴，便利用花朵装扮着自己，还在孩子们的头上慢慢地舞动胳膊。鸟儿们也高兴地四处飞舞歌唱，花儿们也从绿草中间出来张望，而且大笑了。这番情景的确是太美好了。只有在一个角落里还是冬天的情景，这是园子里最远的角落，一个小孩正站在那里。由于个子太小了，他的手够不到树枝，他就在树旁徘徊，大哭起来。这株不幸的树仍然满身盖着霜和雪，北风还在树顶上吹。“快爬上来！小孩，”树对孩子说，一面用力地把枝子弯下去，但孩子太小了。

巨人看到窗外这个情景，他的心被感动了。自言自语说：“我是多么自私啊！现在我知道为什么春天不愿来到我的花园了。我要把那个小个子的小孩放到树顶上去，然后再把围墙毁掉，让我的花园永远永远地成为孩子们的游戏场。”他非常地后悔他以前的做法了。

他慢慢地走下楼，悄悄地打开前门，走到院子里去。但是孩子们见他到来，非常恐惧，他们转眼就逃走了，花园里马上又变成了冬天。只有那个小个子还留在那儿，因为他的眼里满是泪水，没看见巨人走过来。巨人悄悄地走到他后面，柔柔地抱起他，放到树枝上面。这棵树立刻开花了，鸟儿们也飞来在枝上歌唱，小孩儿打开两只胳膊，抱住巨人的脖子，向他致谢。别的小孩儿看见巨人变得比以前亲切多了，便都跑了回来。春天也跟着小孩儿们回来了。巨人对他们说：“孩子们，花园现在属于你们的了。”他拿出一把大斧，拆掉了围墙。中午人们赶集，经过此地，他们看见巨人和小孩儿们在一块儿嬉戏，他们第一次看到这般热闹的花园。

巨人和小孩儿们玩了一整天，天黑了，小孩们一一告别巨人走了。

“可是你们那个小朋友哪里去了？我指的是那个由我帮他送到树上去的孩子。”巨人最喜欢他了，因为那个小孩亲吻过他。

“我们不知道，他已经走了吧，”小孩们回答。

“你们想着跟他说，让他明天一定要到花园来。”巨人叮咛着，但是小孩儿们说他们不熟悉他，也不知道他住哪儿。巨人觉得非常遗憾。

每天下午小孩儿们放学以后，便来找巨人玩耍。可是巨人从未见到那个小孩儿。巨人温柔地对待每一个小孩儿，但他非常思念他的第一个小朋友，并且常常提到他。“我多么想看见他啊！”他时常这样说。

很多年过去了，巨人也很老了。他已没有办法再跟小孩儿们一块儿玩，于是他就坐在一把硕大的扶手椅上看小孩儿们做各种各样游戏，一边欣赏着自己的花园。他说：“我有许多漂亮的花，可是孩子们却是最漂亮的花。”

又是一个冬天，在清晨他起床穿衣的时候，眼睛向窗外望去。他现在对冬天已没有怒言了，因为他知道这只是春天在睡眠，花在休息罢了。

忽然他感到一阵美好，揉揉他的眼睛，并且向窗外望了望。这景象的确是很奇妙。园子最远的一个角落里有一棵树，许多白色的花朵正盛开在枝头。树枝完全是黄金色的，枝上悬挂着丰满的银果，他思念的那个小孩子就站在这棵树下。

巨人很高兴地跑下楼，进了花园。他匆忙地跑过草地，来到小孩儿身边。等他到小孩儿面前的时候，他的脸带着愤怒而气得通红了，他问道：“谁敢伤害你？”因为在小孩的两只手掌心上有两个钉痕，在他两只小脚的脚背上也有两个钉痕。

“谁敢伤害你？我立刻用我的大刀去杀死他。”巨人叫喊。

“不！”小孩答道，“这伤痕表示着爱啊。”

“那么你是谁？”巨人说，他瞬间有了一种神奇的敬畏的感觉，便跪倒在小孩儿的面前。

小孩儿笑了笑着看着巨人，对他说：“你曾经让我在你的园子里玩耍，今天我想要带你到我的园子里去，那就是天堂啊。”

那天下午小孩儿们来园子玩的时候，他们看见巨人躺在一棵树下。他已经死了，身体藏在白花之中。

忠实的朋友

有天清晨，一只老河鼠从他的洞里伸出头来。他的小眼睛很明亮，灰色颊须也很扎手，他的尾巴好像是一条修长的黑橡皮。在池塘里来回游玩的小鸭们，看起来好像一群黄色的金丝雀，他们的母亲全身纯白，配上一对完美的红腿，她正在教孩子们如何在水中倒立。

“你们要是不会倒立，就没有跟上等人交朋友的机会。”她不断地对他们说，一边不断地示范给他们看，怎样才能倒立起来。可是小鸭们的精神并没放在母亲身上。他们太年轻了，从未懂得过同上等人交朋友的好处。

“多么不听话的孩子！”老河鼠嚷道，“他们确实应当淹死。”

“不是的，”母鸭答道，“开始都困难，对谁都是一样，做父母的应该有耐心。”

“啊！我一点也儿不明白做父母的心情，”河鼠说。“我不是个有妻子孩子的人。其实，我从没有结过婚，也决不想结婚。就爱情本身来说是很不错，但怎么都比不上友谊高尚。老实说，我认为这世界上没有比忠实的友谊更可贵、更难得的东西。”

“那么请问，你认为一个忠实的朋友应该做到什么?”一只绿色梅花雀坐在旁边一棵柳树上面，倾听他们的谈话问道。

“对啊，这一点也是我想了解的，”母鸭说，她便游到池子的旁边，倒立起来，给她的孩子们做一个好表率。

“你问得多傻!”河鼠大声说。“通常，我希望我的朋友对我忠实。”

“那么你又如何做的呢?”小鸟说，他忽扇着小翅膀，跳上了一根银色的枝头。

“我不知道你想说什么。”河鼠答道。

“你听我讲一个类似这种事的故事吧。”梅花雀说。

“这故事与我有关系吗?”河鼠问道，“要是那样的话，我倒愿意听，因为我很喜欢小说。”

“这个故事你可以类推。”梅花雀答道，他飞到河岸上，开始站着讲“忠实的朋友”的故事。

“从前，”梅花雀说道，“有一个非常诚实的小家伙名叫汉斯。”

“他是名人吗?”河鼠问道。

“不，”梅花雀答道，“我从没认为他有名，但他善良，而且有一张很滑稽的、和善的圆脸，这个是很多人知道的。他一个人住在一间小茅屋里，天天在他的园子里干活儿。他的花园在他周围附近是最可爱的。那里有美洲石竹、有紫罗兰和荠，有法国的松雪草。有淡红色蔷薇，有黄蔷薇，五颜六色的堇菜，耧斗菜和碎米荠，等等种类繁多。都依照季节相继开花，一种花刚凋谢，另一种花又跟着绽开。园中永远看得见漂亮的东西，香气永远围绕在园中。

“小汉斯有许多朋友，但其中最忠实的就是磨面师大修。是的这个有钱的磨面师对小汉斯是十分忠实的，他无论何时路过小汉斯的花园都记得折一大束花，或者拔一把香草。要是在丰收的季节，他一定要拿梅子和樱桃填充他的衣袋。”

“磨面师时常对小汉斯说：‘真朋友就应共同分享。’小汉斯听着，点头微笑，他为自己有一个思想高尚的朋友而骄傲。”

“的确，有时候邻居们也觉得不明白：那个有钱的磨面师虽然有一百袋面粉存在他的磨坊里，又有六头奶牛和一大群绵羊，他却从来不回赠给小汉斯一点东西；不过小汉斯从来没有思考那些，因为他经常听磨面师讲些关于实在的友谊不自私的事情，对他来讲，听他朋友讲那些神奇的事情是让他快乐的事。”

“小汉斯就这样始终在他的园子里忙碌着。在春、夏、秋三个季节里他很开心，可是冬天一来，他没有果子或者鲜花带到市场出售，就饱受饥寒，常常连晚饭也没的吃，只吃一两个干梨或者硬核桃就早早睡觉了。在冬天他孤单一人，因为磨面师在那时是不会来到的。”

“磨面师常常对他妻子说：‘雪还没有化的时候，我去看他，是不好的，因为人有了困难，应该让他安静，别人不应该打扰他。这应该是我对于友谊的想法，我相信我是正确的。因此我要在春天之后，才去探望他，那时他就能送我一大篮樱草，这会使他非常快乐。’”

“他的妻子正坐在壁炉旁一把温柔的圈手椅上，守着一炉旺柴火，便叫道：‘你总是为别人完美地考虑，的确很周到。我很同意你对友谊的看法。我自信连牧师本人也讲不出这样美好的事，虽然他住在一所三层的楼房里，小手指上还戴了一个金戒指。’”

“这时磨面师的最小的儿子在旁边嘟嘟说：‘可是我们为什么不让小汉斯来咱家呢？要是不幸的汉斯处在受害之中，我愿意分一半我的粥给他，我还要让他看我的小白兔。’”

“磨面师听见这话便尖叫：‘你这孩子愚蠢！我真不明白送你上学念书有什么用。你好像是什么也没学到，你听我说，要是小汉斯来我们家，看见我们的一炉旺火，看见我们的美味佳肴，他也许会妒忌的，妒忌是件最恐怖的事，它会毁灭人性。我一定要让汉斯保持他的天性。我是他最好的朋友，我要永远保护他，并且留心不要让任何东西欺骗他。而且，要是汉斯到家里，他也许会请求我赊欠点儿面粉给他，这是我不能做到的事。面粉和友谊是两码事，不能混为一团。你看，这两个词儿念起来发音不同，意思也不一样。每个人都看得出来。’”

“磨面师的妻子给自己倒了一大杯香浓的麦酒，一面赞许地说：‘你说得太对了！我实在是太困了。真像在礼拜堂里听道的一样。’”

“磨面师答道：‘做得好的人有很多，可是讲得好的人却很少，可见两者之中还是说话是门学问，但是却很漂亮。’小儿子坐在桌子的旁边，在父亲严厉的目光下，他感到难过，低下头，满脸通红，眼泪悄悄地落在他的茶杯里去了。但是，他年纪小，你们得原谅他啊。”

“故事就这么完了吗？”河鼠问道。

“怎么会，”梅花雀答道，“这是开始啊。”

“那么你太落后了，”河鼠说。“现在会讲故事的人都是先讲结尾，再讲开头，最后才是中间情节，这是新方法。这是我前几天听一个批评家说的，那天他正同一个年轻人在池塘边溜弯儿。他对这个问题发了一大篇感言，我相信他说得很对，因为他的头光秃秃，鼻梁上架着一副蓝眼镜儿，并且一旦年轻人一讲话，他就附和‘呸！’不过还是请你完成前面的故事吧。我很赞同那个磨面师。我也有许多的美丽情感，所以我非常理解他。”

“好的，”梅花雀说，他两条腿又蹦又跳着，“等到冬天一结束，樱草绽放出浅黄色的小花时，磨面师马上对他妻子说，他想下山去看看小汉斯。”

“他的妻子大声同意道：‘啊，你多善良啊！一心装着别人。你一定要记住带着大篮子以便装花回来。’”

“磨面师便用一根牢固的铁链把风车的翅子缚在一块儿，胳膊上挎着蓝子下山去了。”

“磨面师见着小汉斯便打招呼：‘早安，小汉斯。’”

“汉斯把身子靠在他的铁铲上，快乐地回答：‘早安。’”

“磨面师细心问：‘这一个冬天你过得好吗？’”

“汉斯大声说：‘啊，多谢你提及这个，你实在太好了，你真是太好了。过去我是承受了一点儿困难，但现在是春天了，我真开心，我所有的花全开得很美。’”

“磨面师说：‘这个冬天我们无时不刻思念你，我们常常担心你该如何生活。’”

“汉斯说：‘你太善良了，我还担心你早已把我忘记了。’”

“磨面师说：‘汉斯，你怎么会这么想，友谊永远都不会让人忘记。这就是友谊的伟大之处，不过我想你也许不了解生活的诗意。还有，啊，你的樱草太美丽了！’”

“汉斯答道：‘它们真是漂亮极了，并且我今年幸运，会有这么多的樱草，我要把它们带到市上去，出售给市长小姐，用所得的钱来赎回我的小车。’”

“磨面师说：‘赎回你的小车？你是指你把小车卖掉了吗？这多笨呀！’”

“汉斯说：‘啊，我没有办法了。你清楚冬天对我来说非常痛苦，我真的没有一分钱买面包。所以我一开始卖掉我星期天穿的衣服上的银纽扣，又卖掉我的银链子，后来又卖掉我的大烟斗，最终卖掉我的小车。可是我现在肯定会把它们全赎回来。’”

“磨面师说：‘汉斯，我愿意把我的小车送你。它虽然有点坏，的确，它有一边是脱落了，轮条也有点毛病；可是这些都没关系，我还是要把它送给你。我知道，我是十分慷慨的，并且很多人都认为我送掉它是很笨的行为，可是我善良。我以为慷慨就是友谊的表现，并且我还给自己买了一辆新的小车。不错，你就放心吧，我会把我的小车给你。’”

“小汉斯一张滑稽有趣的圆脸上充满了喜乐，他说：‘啊，你真慷慨。我很容易就能把它修好，正好我屋里有一块木板。’”

“磨面师说：‘太好了！啊，我正需要一块木板修我的仓顶。我仓顶上有个大窟隆，要是我不把它堵住，谷子都会烂掉的。幸好你提起了它！一件好事总是引起另一件来，这句话太对了。我都把我的小车给了你，现在你应该把你的木板送给我了。当然了，小车比木板要值钱，可是真正的友谊是不应该在意如此的事情。请你赶快把木板拿来，我今天就要开始修我的仓顶。’”

“小汉斯大声说：‘我马上给你拿来，’他跑进他的小茅屋，把木板拿出来。”

“磨面师看着木板，一面说：‘这块木板有点儿小，我忧虑我用来补了我的仓顶之后就不够你补小车的了；不过，这不是我的错。并且我既然把我的小车送了你，我相信你肯定高兴回赠给我一些花。篮子在这儿，请你把它装满。’”

“小汉斯接过篮子，有点不高兴地说：‘装得满满的吗？’因为这个篮子确实太大，他知道要是他把篮子装满，那他就没有东西可拿到市上去卖的了，他多么希望把他的银纽扣赎回来。”

“磨面师答道：‘是呀，我既然把小车给了你，我觉得向你讨一点儿花，理所应当。我也许错了，可是我总认为友谊，真正的友谊是共同分享。’”

“小汉斯大声叫起来：‘我亲爱的朋友，我最好的朋友，我园子里一切的花全凭你随便使用。我宁可早得到你的赏识，而我那银纽扣是任何时候赎回都成的，’他便跑去，摘掉他园里全部的美丽的樱草，装满了磨面师的篮子。”

“磨面师说：‘小汉斯，再见，’肩上扛着木板，手里拿着篮子回家。”

“小汉斯说：‘再见，’接着挖土，他心情很好，因为他对那辆小车很满意了。”

“第二天，他正在门廊上钉耐寒的东西的时候，从大路上传来磨面师招唤他的声音。他便从梯子上跳下来，跑到花园里去，向墙外看着。”

“磨面师站在那里，背上扛着一大袋面粉。”

“磨面师说：‘亲爱的小汉斯，你是否帮我把这袋面粉搬运到市上去吗？’”

“汉斯说：‘啊，对不起，不过我今天真的抽不出空。我得把我那些藤子全准备好，把那些花全浇上水，然后把那些草全剪平。’”

“磨面师说：‘好，你说得很好，但是你要收下我的小车，你还不帮我，我觉得你有点儿不能做朋友。’”

“小汉斯大声说：‘啊，你怎能这样说，我无论如何，都是讲交情的。’他便立刻去屋去拿了帽子，然后出去扛过了那一大袋面粉，扛在肩上，奔向集市。”

“这是一个炎热天气，路上尘土多得吓人，汉斯还没到达第六个里程石，他就累得不成，只好坐下来休息了。然而他又坚强地继续向前走去，最后他到了市场。他在市上呆了一会儿，便把那袋面粉卖出去了，很值钱，他得到钱马上回家去，因为他担心，要是他在市场上逗留时间长了，也许会在路上遇见强盗。”

“晚上小汉斯上床睡觉的时候，他喃喃自语说：‘今天实在太累了，不过我倒开心我答应了磨面师的请求，因为他是我最好的朋友，而且他就要把他的小车赠给我。’”

“第二天清晨，磨面师到小汉斯这儿来拿卖面粉的钱，可是他太疲备了，还未起床。”

“磨面师说：‘说老实话，你不勤劳。我就要把我的小车给你了，你应当更勤快点儿才成。懒惰是缺点。我当然不愿意我有个偷懒的朋友。你肯定不埋怨我直言相告。当然啊，只因我是你的朋友，我才会这样做的。如果一个人不能实话实说，那么还用得着友谊吗？任何人都可以说漂亮话，讨好人，巴结人，一个忠诚的朋友却总是说些不好听的话，并且不惜给人苦吃。的确，一个忠城的交心朋友是愿意这样做的，因为他知道他是在做善事。’”

“小汉斯揉着他的眼睛，摘下睡帽，一面说：‘对不起，我实在太累了，我还想在床上多睡一会儿，听听小鸟儿唱歌。你明白我听过小鸟儿唱歌以后劳动总是更有力量吗？’”

“磨面师拍着小汉斯的背说：‘好，我听见你这么说很开心，因为我要你穿好衣服立刻就到我磨坊来，帮我补谷仓顶。’”

“可怜的小汉斯很想先去劳作他自己的花园子，因为他已经有两天没有给花浇水了，但是磨面师是他一个最好的朋友，他怎么能拒绝他。”

“他便用一种不情愿的声调问道：‘如果我说我没有空，你会以为我不友谊吗？’”

“磨面师答道：‘当然，因为我要把我的小车送给你，这点要求并不耽误时间；不过要是你不肯，我就自己动手。’”

“小汉斯连忙叫起来：‘啊，不可以。’他从床上跳下来，穿好衣服，走到谷仓那儿去了。”

“他在那儿整整劳动一天，黄昏时分磨面师来看他到底做完了没有。”

“磨面师开心地叫起来：‘小汉斯，屋顶上的洞你修补得怎么样了？’”

“小汉斯从梯子上爬下来，答道：‘都好了。’”

“磨面师说：‘啊，世界上最开心的就是为别人做事情。’”

“小汉斯坐下来，擦着额上的汗答道：很快乐能听到你的谈话，这也让我感到十分的光荣，然而我不放心自己什么时候都不具有你这样美好的思想。’”

“磨面师说：‘啊，你只要再加把劲慢慢儿就会有的。现在你才只是实践友谊；将来有一天你也会有理论的。’”

“小汉斯便问：‘你真的认为我会吗？’”

“磨面师答道：‘我十分坚信，不过现在你已修好了，你最好回家去休息，因为明天我希望你把我的羊赶到山上去。’”

“不幸的小汉斯对这件事情不敢说任何话，第二天大清早，磨面师赶着他的羊到达茅屋外面，汉斯只好去放羊。这样的来回一趟就浪费他整天的时间，他回到家的时候，人累得半死，就坐在椅子上睡着了，一直睡到大天亮。”

“他对自己说：‘我今天在园子里一定很快乐啊，’他马上就去劳动了。”

“然而他还是永远不能够浇灌他的花，因为他的朋友磨面师常常不断跑来打扰他，派他去出长差，不然就让他帮自己干活儿。小汉斯有时也很担心，他害怕他的花会不理解他，认为他已忘记了它们，不过他还用其他一个想法来说服自己，必竟，磨面师是他最好的朋友。他总是对自己说：‘况且他还要大方地把他的小车给我。’”

“就这样磨面师继续地让小汉斯为他做事，磨面师也总是给他讲述所有与友谊相关的美好事情，汉斯把那些话记录在一本笔记本上，晚上总是拿出来读，因为他是一个十分好学的人。”

“有一天晚上小汉斯正坐在家里取暖，忽然响起一阵很大的敲门声。这个天气糟糕的黑夜，风一直在房屋周围怒吼，狂吹，他开始觉得就是暴风雨。可是接二连三的响声，随后又是第三下，比前两下声音更响。”

“小汉斯对自己说：‘这是一个凄苦的出门人，’他便跑去开门。”

“原来是磨面师在门外敲打，一只手拿一个灯笼，另一只手拿一根拐杖。”

“磨面师看见他，惊叫起来：‘亲爱的小汉斯，我遇到特不幸的事情了。我的小儿子受伤了，他从梯子上掉了下来，我正要去请医生。但医生离我们太遥远，今晚上天气又极其寒冷，我刚才忽然想起，要是你帮我去办这件事，那倒好得多。你明白我就要把我的小车给你，所以你应该帮我做点事情来感谢，这是很合理的。’”

“小汉斯大声说：‘是的啊，你跑来找我，是我非常的荣幸，我马上就出发。不过你能否把你的灯笼借给我，因为夜里黑得很，我不愿意自己跌到沟里去。’”

“磨面师却回答：‘对不起，我这个灯笼是新的，要是它出了问题，我的损失惨重。’”

“小汉斯大声说：‘好，没关系，我不用它了，’他穿上那件又宽又大的皮衣戴上那顶暖和的红色便帽，又缠了一根围巾在肚子上，便动身了。”

“这真是一个可怕的夜！天很黑，小汉斯看不见前面的路，风刮得很凶猛，简直要把他刮歪了。可是他一点也不害怕，他大约走了三个钟头以后，最后走到了医生的家，他敲着门。”

“‘谁呀？’医生从他卧室的窗里伸出头来，高声问道。”

“他说：‘医生，我是小汉斯。’”

“医生又问：‘小汉斯，你怎么了？’”

“他答道：‘磨面师的儿子从梯子上摔下来来受了伤，磨面师让你马上过去。’”

“医生说：‘好的，’他便叫人备马，又穿好靴子，拿了灯笼，下楼梯，骑上马，朝着磨面师家的方向走去，小汉斯努力地跟在马后。”

“可是风暴越刮越凶猛，雨下得像河流一样，小汉斯迷路，被甩在了马后。最后他迷了道，围着一片沼地来回循走，那是一块很危险的地方，因为到处都是沼泽，可怜的小汉斯就在这儿被淹死了。第二天几个牧羊人看到了他的尸体，漂浮在一个大池塘的水面上，他们把他抬回他的家里去。”

“小汉斯下葬的时候，大家都来了，因为他平常特有人缘，丧主就是磨面师。”

“磨面师说：‘既然我是他最好的朋友，那么应该由我占最好的地位，’所以他走在行列的第一个，穿一件黑色长袍，不断用一块大的手帕擦眼睛。”

“葬礼完了，送葬的人都舒服地坐在客栈里面，吃甜点心，喝香料酒，铁匠突然说：‘小汉斯的死对任何人的确都是一个大损失。’”

“磨面师答道：‘怎么说给我的伤害都是最大的，我差不多要把我的小车给他了，我现在真不知道它还有什么用场。它放在我家里十分多余，它破烂得也不值钱。我以后一定要小心不再把任何东西送人，慷慨总是让人吃亏。’”

“之后？”过了许久河鼠说。

“之后，我的故事讲完啦，”梅花雀说。

“可是磨面师的最终怎样呢？”河鼠问道。

“啊！实话说我并不知道，”梅花雀答道，“我相信我对他并不喜欢。”

“显然你骨子里面没有同情。”河鼠说。

“我不放心你还没悟出这个故事里的内含。”梅花雀说。

“你说什么?”河鼠尖叫。

“教训。”

“你是说这个故事还有着一种教训吗?”

“是呀,”梅花雀说。

“好吧,”河鼠很气愤地说,“我觉得你在还未讲故事时,就该先告诉我那个。如果我听说有什么教训,我肯定不会听你的,说实在话,我应当像评论家那样说一声‘呸’。不过我现在还能够说。”所以他大声地叫出了一声“呸”,又拿尾巴摇了摇,就回到他的洞里去了。

“你是否喜欢河鼠?”过了几分钟母鸭用脚扇动水浮上水面来了,她向梅花雀问道。“他有优点,不过对我来说,我有母亲的般情感,这对于决心过单身的人,心中不好受。”

“我担忧我把他得罪了,”梅花雀说。“因为我对他讲了有意义教训的故事。”

“啊哟!这倒是一件很糟糕的事。”母鸭说。

我十分同意她的话。

了不起的火箭

国王的儿子要结婚了,国内进行着普天同庆,王子等待一年,终于把他的新娘等来了。她是一位俄国公主,乘坐六匹驯鹿拉的雪车从遥远芬兰的赶来的。雪车如一只金色美丽天鹅，小公主就坐在天鹅的两只翅膀中间。她装扮外套是件银鼠皮的长外套，遮蔽了自己的脚，头上戴了一顶银线小帽，脸色雪白得就像她平时住的雪宫的颜色。她太苍白了，甚至她的雪车经过街中的时候，百姓们都感到奇怪。“她像一朵白蔷薇!”他们叫喊，从露台上对着她丢下花来。

为迎接她，王子等候在宫城门口。他有一双爱幻想的青紫色眼睛，和金灿灿一般的头发。当她到来时，他便跪下一只腿，吻她的手。

“你的照片很美,”他喃喃地说，“可是你本人的美一定远超了相片,”小公主脸起了红晕。

“她开始像一朵白蔷薇，可是现在她像一朵红蔷薇了。”一个年轻的佣人对他的朋友说，整个宫里的人听到这句话都特高兴。

这以后的三天里面任何人都说着：“白蔷薇，红蔷薇，红蔷薇，白蔷薇。”国王命令把那个侍从的工资增加一倍。事实他根本就没有薪金，加薪的吩咐没有给他什么好处，不过这是一种很大的光荣，并且照例地在《宫报》上发布了。

三天以后，使举行了婚礼。这个仪式非常隆重，对新人手牵手头顶一幅绣着小珍珠的紫天鹅绒华盖走着。然后又举行盛大的宴会，前后举行了五个钟头。王子同公主坐在大殿的第一位，喝酒的杯子是透明的水晶。传说只有两人真心相爱才能够用这个杯子喝酒，要是爱情是不真实的，那嘴唇一挨到杯子，杯子立刻就会变得暗淡了。

“他们显然互相爱着，纯洁的爱如同水晶!”那个小佣人又说，国王第二次给他下达了加工资的命令。“至高的荣耀啊!”朝臣们全体地叫喊。

大宴后又开始跳舞会。新娘和新郎应当一起跳蔷薇舞，国王同意吹笛子。他吹得不好，但无人敢当面告诉他，因为他是国王。事实上他只知道两个调子，并且他一直也不知道自己吹的是哪个调子，可是这都没关系，因为不管他吹什么，大家都一样大声称好：“好极了！好极了！”

大放烟火是程序单上的结束节目，燃放的时间限制在当天的午夜开始。小公主从没见过烟火，因此国王下令在她结婚时要皇家放花人到场伺候。

“烟火好看吗?”小公主有一天清晨在露台上散步的时候，这样问过王子。

“它们好像极光，”国王说，他总是打断别人的话，“不过它们自然得多。比如我，我不喜欢星星，喜欢烟火，因为你总是知道它们何时要出现，它们跟我自己吹笛子一样地有意思。你一定得看看它们。”

在御花园的终点已经搭起了一座高台，等待皇家花炮手各就各位，烟火们便互相聊起来。

“世界真是美好，”一个小爆竹大声说。“你只看看旁边黄色的郁金香，嘿！假设它们是真的炮仗，它们一定没有比现在更好看的。我为我的旅行而开心。旅行让人开阔眼界，并且会消除一个人的所有成见。”

“国王的花园怎么能代替世界啊，你这个傻爆竹，”一个高大的罗马花筒说，“世界是个宽阔的地方，你要把它欣赏完，得花三天的时间。”

“不管，只要你爱它，它就是你的世界，”一个爱思考的轮转炮嚷道，她年轻时候喜欢过一个旧的杉木匣子，总是炫耀她的爱情，“不过爱情已经过去了，它已经被诗人们杀死了。关于爱情的东西，他们描绘得太多了，使得无人相信了，我觉得这没有什么可奇怪的。真的爱情既难受又无语。我记得我自己以前——可是现在都消失了。罗曼司是过去的东西了。”

“胡说！”罗马花筒说，“罗曼司是永恒的。它就跟月亮一样，永远存在。例如，新娘和新郎之间就是爱得那么美丽。今早有个棕色纸做的火药筒细致地告诉了我他们的事情，他知道近几天的宫廷新闻，刚巧我们住在同一个抽屉里头。”

可是轮转炮不同意，喃喃说：“罗曼司过时了，罗曼司已经死了，罗曼司已经死了。”她是这样一种人，她认为，要是你把一件事情反复地说许多次，最后假的事情也会变成事实。

忽然传来一声尖的干咳，他们都回头朝四面张望。

是火箭在咳嗽，个子高高的、样子很高傲，他被绑在一根长棍子的头上。每次他要说话，总得先咳嗽一两声，来把人们的目光引到自己身上。

“啊哼！啊哼！”他说，大家都认真听着，只有那个可怜的轮转炮还在不同意，喃喃说：“罗曼司已经死了。”

“安静！守秩序！”一个炮仗叫起来。他是政客最有权的人物，在地方选举里面他总是很出彩，所以他会使用议会里的皇宫用语。

“消失了，”轮转炮低声说，她就睡觉了。

等着四周没有一点声音的时候，火箭又再一次咳嗽而且说起话来了。他语速很慢，但很清楚，好像他在读他的作品让人记录似的，他从不给别人一个正眼。他那一副高傲的仪表让人无语。

“国王的儿子好幸运，”他说，“他的婚期就是我燃放的那天。真的，也许这是之前做好的安排，对他来说这是完美结果；不过幸运总光顾着王子们。”

“啊，不会呀！”小爆竹说，“我的想法一点也不一样，我以为我们是燃放来祝贺王子的。”

“对你们也许是这样，”他答道，“的确，我知道是这样，可是对我状况就不同了，我是一个特厉害的火箭，我的背景也很伟大。我母亲是她那个时代最优秀的轮转炮，她以轻妙舞姿而扬名。每当她公开绽放的时候，她总要盘旋十九次才出去。她每转一次就要在空中抛出七颗粉红色的闪闪星光。她的直径有三英尺半，她是用上等的火药做成的。我的父亲也是火箭，他来自法国。他飞得非常高，人们都以为他不会再下来了。但是他还是落了下来，因为他善良好心肠，并且他变作一阵金雨非常漂亮地落下来。报纸上用了非常夸耀的语言报道他的表演。是的，《宫报》上称他为化炮术的美丽成功。”

“花炮，你说的是花炮吧，”一旁一个蓝色烟火说，“我认识是花炮，因为我看见这几个字写在我自己的匣子上。”

“唔，我说‘化炮’，”火箭提高着自己的声调说，蓝色烟火以为火箭在压倒自己，心里有点不舒服，马上把气发泄在旁边那些小爆竹身上，以表显自己还是一个有点重要地位的人。

“我在说，”火箭接着说下去，“我在说——我在说什么呢？”

“你在讲你的故事，”罗马花筒答道。

“不错，我知道我正叙述一个有意义的故事时让人很无礼地插话。我厌烦那些无知鲁莽的举动，因为我十分敏感。我敢肯定世界上再也没有人像我这样感性了。”

“什么是一个敏感的人？”炮仗问罗马花筒道。

“敏感的人就是如果自己有错误，就不断去说别人坏话。”罗马花筒小声答道，炮仗简直要笑不成声。

“请问你干吗如此笑？”火箭问道，“我并没有笑。”

“我笑，因为我开心。”炮仗答道。

“这个理由太简单了，”火箭生气地说。“你有什么原因高兴？你得思考一下别人。事实上你得为我着想。我总是想到我自己，我希望所有的人都考虑到我，这就是所谓的同情。这个完美的性格，我倒有很多很多。例如，假设今晚上我遇到点事情，那将是大家很大的不幸！王子和公主也会永远不快乐了，会因此而破坏他们整个的结婚生活，至于国王呢，我知道他一定不能接受。真的，我一想到我的重要如此得了，我都要感动得泪流满面。”

“要是你想使别人开心。你最好别让眼泪打湿你的身子。”罗马花筒提醒说。

“的确，”蓝色烟火这时又提起了兴致，他插话嚷道，“这只是十分一般的常识。”

“不错，常识！”火箭生气地说，“你忘了我是很不一般，很了不起的。唔，任何人，因为这有想象力，因此才有常识。可是我有想象力，因为我从不根据事物的真相去想它们；我老是把它们看成是不同的东西。至于说不要哭泣，很明显，这里所有的人都不喜欢欣赏多愁善感的性格。幸而我自己没关系。只有想着我比别人强，只有靠着这个念头，我才能活，我平日练就的就是这样一种感觉。你们全是傻瓜。你只顾着笑，说笑，好像王子同公主刚才并没有结婚似的。”

“嗯，不错，”一个小火球嚷叫喊道，“为什么不能这样做呢？这是桩伟大喜事，我飞到天空里的时候，我要认真地把这一切告诉星星。我跟它们讲起漂亮的公主的时候，你会看见它们眼睛一闪一闪的。”

“啊！多么无趣平凡的人生观！”火箭说，“不过这都在我预料到的。你心里空虚，空空洞洞的。就说，也许王子同公主会住在一个小河的地方，那条河很深，也许他们会有一个独生子，那个小孩儿有着王子一样的金灿灿头发和一对双紫色的眼睛，可能有一天他会跟他的保姆一起出去散步；可能保姆会在一棵大的接骨木树下睡着；也许小孩儿会掉在那条深河里淹死。多么可怕的灾祸！可怜的人，他们要失去自己的独生子了！的确太吓人了！我永远忘不了它。”

“然而他们并没有失去自己的独生子呢，”罗马花筒说，“他们一直就没有遇到什么不幸。”

“我也没有说他们已经失去了自己的独生子，”火箭答道，“我只是说这是也许。要是他们早就失掉了自己的独生子，我就不会在这儿来说话。我就恨那班事后哭泣的人。可是一想到他们也许失掉他们的独生子，我就十分难过。”

“虚伪[1]，你真是虚伪！”蓝色烟火生气说。“你实在是我所见过的最无耻的人。”

---

① 原文 affect 一个字两个意思，蓝色烟火故意把“难过”解释作“虚伪”。

“你是我所见过的最没礼貌的人，”火箭说，“你无法明白我跟王子的友情。”

“唔？你连他都没见过面呢，”罗马花筒叫喊。

“我一直就没表明自己是认识他的，”火箭回答道。“我敢说，要是我熟悉他，我才不会和他成为朋友。要了解自己的朋友，那是一件很不幸的事。”

“你最好不要再哭了，”火球说，“这才是重要的事。”

“我相信，对你来说是很重要的，”火箭答道，“但是我不在意，”他真的不怕，泪水像雨点儿似地沿着他的棍子流下来，两个小甲虫正打算一起安家，要找一块儿干燥的地方去安家，差不多被这泪水要了性命。

“他的性格里确实具有一种真实的浪漫，”轮转炮说，“因为压根儿没有值得哭的事情，他会哭得那么心痛。”他长叹一声，又想起了杉木匣子。

可是罗马花筒和蓝色烟火非常生气，他们不停地叫喊：“骗人！骗人！”他们从不凭空地想像，无论什么，只要是他们不同意的，他们就说是“骗人”。

月初上，像一面很优秀的银镜，星星开始闪光，从宫中传来了欢乐声。

王子同公主这对新人开始飞舞。他们的舞姿优美，连那些亭亭玉立的白莲花也贴过去偷看他们的舞姿，大朵的红罂粟花跟着节凑，敲拍子。

十点钟敲了，十一点钟敲了，接近了十二点钟，十二点的最后一下刚敲过，大家都聚集到露台上，国王便命令叫来皇家花炮手。

“放烟火吧。”国王命令道，皇家花炮手深深地一鞠躬，便走下露台，向花园的那头走去。六个随从跟着他，人手一竹竿，竿头绑了一段燃烧的火把。

这场面真是浩大。

呼呼！呼呼！轮转炮走了，她一路盘旋着。轰隆！轰隆！罗马花筒飞走了。然后爆竹们到处飞舞，蓝色烟火让任何色彩都拥有深蓝色。“再见，”火球嚷着就直飞云霄，随之有许多蓝色小火星飞落，砰！砰！炮仗们欢呼，他们非常高兴。每个都很成功，只有那个厉害的火箭失败了。他哭得全身都湿透了，他一点儿也不能燃放了。他身上最好的东西便是火药，火药被眼泪浸湿，什么用处也没有了。他以前不屑对他们讲话、不时讲一两句话总要带一声冷笑的穷朋友们现在都飞上天空去了，就像一些绽放火红花朵的出色的金花。“好呀！好呀！”宫里的人全叫喊着，小公主快乐地笑了。

“我想，他们一定把我留到举行大典的时候用，”火箭说，“肯定就是这样，”他的样子比以前更高傲。

第二天工人们来收拾园子。“这应该是个代表团，”火箭说，“我要带着不屈的尊严来接见他们，”所以他十分傲慢自得，庄严地皱着眉头，好像在思考一个很重要的问题。可是他并没有吸引那些人注意他。他们刚要走开，忽然其中一个人看见了他。“喂，”那个人高声说，“这个火箭太坏了！”一下把他丢到墙外，飞落在阴沟里去了。

“坏火箭，臭火箭？”他在空中飞旋翻过墙头的时候自语着，“不会的！大火箭，那个人是这样说的。‘坏’和‘大’，音调很相似，的确总是一样的。”他落进烂泥中挣扎。

“这儿不是个好地方，”他说，“不过这一定是个一流的矿泉浴场，他们送我来休养，让我保持健康的。我的神经的确受了刺激，我需要休息。”

随后一只小蛙（他有一对嵌宝石的闪闪发光的眼睛和一件绿色斑点的上衣）在水中游来游去。

“原来是个新邻居！”蛙说。“啊，的确很难找到像烂泥那样好的东西。我一旦有落雨天和一条沟，我就很快乐了。你看下午会下雨吗？我非常希望下雨，可是万里碧空，无云彩。多可惜！”

“啊哼！啊哼！”火箭说，他咳嗽起来。

“你的声音好奇怪！”蛙大声说。“它真的很像蛙叫，蛙的声音在世界上最美妙。今晚上我们有个合唱会，你去听听。就在农人房屋旁边有个老鸭，等到月亮挂天边，我们就演。这绝对动听极了，每个人都躺在床上聆听我们的歌声，事实上我昨天还听见农夫的妻子对她母亲说，她就是由于我们，夜里总是不能入睡。看见有人这么欣赏自己，的确是一件最开心的事。”

“啊哼！啊哼！”火箭气愤地说。他发现没有自己说话的空隙，非常生气。

“的确是美妙的声音，”蛙继续说，“我同意你能到鸭池那边来。我现在去找我的女儿。我有六个美丽的女儿，我怕她们会碰到梭鱼。梭鱼真是个讨厌鬼，他会毫不客气地拿她们当早饭吃。就这样，再见；说真话，我很高兴我们之间的这番谈话。”

“谈话，的确！”火箭说。“只有你自己在说话。这并不是谈话。”

“但是有听众，”蛙说，“我就愿意我自己一个人讲话。这样结省时间，也不会产生争论。”

“可是我喜欢讨论。”火箭说。

“我不喜欢这样，”蛙得意地说。“争论太粗鲁了，因为在好的社会里，大家的意见都不会一致。再说一次，再见吧；我看见我的女儿们在那边。”小蛙便踏着水走开了。

“你是个很讨厌的人，”火箭说，“没礼貌。我就恨你们这种人，像我这样，人家确实想讲讲自己，你却不停地拼命讲你的事。这就是我认为的自私，自私是最让人讨厌的，我更是如此，因为我是凭借怀抱同情心有名的。事实上你应当向我学习，你再也找不到比我更好的人了。你既然有这个机会，应该好好地利用它，因为我差一点儿就要回到宫里去了。我是宫里很优秀的人；其实昨天王子和公主就为了赞美我而举行婚礼。肯定你是不会知道这些事的，你这个乡巴佬。”

“你跟他讲话，没有好处，”一只蜻蜓飞过来，他正坐在一棵大的棕色菖蒲的顶上，“一点好处也没有，因为他不在这里。”

“那么这是他的遗憾，并不是我的，”火箭答道。“我并不只是因为他不聆听我就不跟他讲下去。我愿意讲给我自己听。这是我一个人最大的幸福。我常常独自一人对自己说话，我很有智慧啦，有时候我也不清楚我讲的话。”

“那么你应该去讲哲学，”蜻蜓说，他舒展一对可爱的纱翼向天空飞去。

“傻瓜，竟然飞走了！”火箭说。“我坚信他很少碰到这种学习的时间。不过我根本也不在意。总之会有人发现我这个有智慧的，”他在烂泥里又沉进去一点儿。

然后一只大白鸭游到他身边。她有一对黄腿和一双蹼脚，而且由于她走路摇摆的姿势优雅，常被人比作一个美丽夫人。

“嘎，嘎，嘎，”她说。“你体态多古怪！我可以问一句吗，你出生就是这样的，还是遇到什么事弄成这样的？”

“一眼就看出你是乡巴佬，”火箭答道，“要不你一定认识我。不过我原谅你的愚蠢，让其他人跟我自己一样厉害，有点不公平。要是我告诉你我可以飞到天空中去，再让一大股金雨散落，你一定会吃惊不已。”

“我觉得这并不重要，”鸭子说，“因为我没看见它能给人什么好处。如果你能够像牛一样地耕田，像马一样地拉车，像牧羊犬一样地看羊，那才是做好事。”

“我的朋友啊，”火箭的声音充满傲慢地嚷道，“我现在知道你是下等人了。有我这样身份的人不必要有这些本领。我们只需一点学问就行了。我厌恶所有勤劳，特别对你所称赞的那些劳作我更不赞成。的确我一直把苦工看作劳动。”

“好的，好的，”鸭子说，她一向脾气很好，从不同任何人争论，“各人趣味不同。我想，无论如何，你都要住在这儿吧。”

“啊，不可能，”火箭大声说，“我只是一位客人，一位高贵的客人。事实是我不喜欢这个地方。这儿既无交际，又很闹，这本来就是郊外。我也许要回到宫里去，因为我明白我命中注定是要震惊世界的。”

“我自己以前有为社会做事情的想法，”鸭子说，“社会上需要改革的事情非常多，前不久我做过一次会议的主席，我们通过决议一旦我们不喜欢的东西全部反对。然而那些决议好像没有效果。现在我专心照顾家事，照管我的家庭。”

“我生来就是大人物，”火箭说，“我全部的亲戚全是这样，连那些最微小的也是如此。无论何时，只要我们一出场，所有的焦点都放在我们身上。其实是说我自己还没有上场，不过等我出场，那一定是特别美丽的。至于家事，它只会加快人的皱纹，使人分心，忘记更尊贵的事。”

“呀！人生更重要的事，它们多么好啊！”鸭子说，“这让我想到了我还饿着，”她向着下流泅水走了，随后还说着：“嘎，嘎，嘎。”

“回来！回来！”火箭大声叫道，“我有好多话要说给你听，”可是鸭子对他不感觉趣。“她走了我更高兴，”他对自己说，“她的心思实在普通，”他在烂泥里陷得又深了一点儿，他想起智慧的寂寞来，突然有两个穿白色粗外衣的小男孩提着水壶抱着柴禾跑到岸边来。

“这一定是代表团了，”火箭说，他努力做出庄严的样子。

“喂！”一个孩子嚷道，“看这根旧棍子！我真不知道它从哪儿来。”他把火箭从沟里拿起。

“旧棍子！”火箭说，“怎么会！金棍子，他就是这样说的，金棍子，金杖，这是很有教养的话。事实上他把我弄错了做朝中大官了！”

“我们把它当柴禾吧！”另一个孩子说，“有了它可以烧水。”

他们便把柴堆放一起，再将火箭放在顶上，燃起火来。

“这可不成，”火箭嚷道，“他们要在大白天里燃放我，在所有人面前。”

“我们现在要去睡觉，”孩子们说，“等我们醒来，水就会烧开了。”他们便躺在草地上，睡着了。

火箭很潮湿，因此好长时间才燃得起来。最后他终于烧起来了。

“马上我要燃放了！”他嚷道，他把身子挺得硬邦邦。“我知道我飞起来会远过星星月亮，甚至会超过太阳。事实上我要飞到无边——”

嘶嘶！嘶嘶！嘶嘶！他一直升到天空中去了。“太好了！”他叫道，“我要像这样飞到天边。我多么成功！”

可是他身边无人观看。

这时他觉得全身有一种特别的刺痛感。

“现在我要爆炸了，”他叫喊起来。“我要让全世界都明白，我要那么伟大，成为一年之中所有人挂在嘴边的话题。”他真的爆炸了。砰！砰！砰！火药燃了。那是没有问题的。

但任何人没听到他，连那两个小孩也是，因为他们睡熟了。

现在他只有棍子了，这根棍子落在一只漫步的鹅背上。

“天呀！”鹅叫起来。“马上要下雨了。”她便跳进水里去。

“我明白我会出尽风头的。”火箭喘息地说，同时消失了。

石榴之家

献 给

康斯坦丝·玛丽·王尔德

少年国王

过了今晚，明天就是加冕的日子，少年国王自己一个人坐在他那漂亮的房间里。他的部下都按照当时的规矩给他问安，退了出去，到宫内大殿中，向礼仪先生行了宫廷礼节，因为他们有的人对朝礼还有点陌生，朝臣不熟悉朝礼，非常明显，这是大不敬的事。

他（因为他还只是一个孩子，今年才十六岁）看见他们离开并不觉得难过，他开心地吐出一口长气，把身子往后一倚，靠在他舒适的软垫上。他躺在那儿，睁大眼睛，嘴张着，活像一位褐色的森林里的牧神，要么就是刚被猎人捉住的一只野兽。

确实是猎人把他找到的，他们机缘巧合地遇见了他，那时候他光着脚，手里握有笛子，正跟在那个把他扶养成人的穷牧羊人的羊群后面，他一直把那人当作是自己的亲人。其实他的母亲是老王的独生女，她暗地里与一个地位卑微的男人结婚生子。（有人说那男人是一个外地人，通晓一种很出色的吹笛的魔术，使这位公主爱上了他；又有人传言，那是海港的美术家，公主很看重他，可能太看重他了，后来他突然离开了这个地方，连教堂的壁画都没有完成。）孩子刚出生七天，在他母亲睡着的时候，被别人把他从她身边偷走了，交给一对平常的农家夫妇去照看。这对夫妇无儿无女，住在偏远的树林里，从城里骑马去，要走很长时间。他的母亲面色苍白，醒来后不一会儿就死了，她到底是因悲哀而死的呢，或者像御医所通告的，染了时疫死去，或者照有一些人模模糊糊地说的，是因为喝下放在香料酒里的意大利急性毒药致死的，这就无人知晓了。一个忠心的公差骑着马将他搭在鞍韉上带着走，当他抱孩子走过去叩牧人茅屋门的时候，公主的尸体被人搁到一个开着的墓穴，这个墓穴位于一个荒凉的坟地里面，据说墓穴里本来就躺着一具尸首，是一个特别俊美的外国男子，他的手被绳子反绑在背后，胸膛上的伤痕布满了血迹。

起码这是人们暗暗传说的事情。但有的却是非常确凿的：老王临死的时候，可能是因为忏悔自己的弥天大罪，可能为了不让他的国土从他的嫡系落到其他人手中，他差人找回了那个孩子，并且当着所有大臣们的面指定孩子继承王位。

孩子一被指定为继承人以后，好像立刻就表现出那种奇怪的爱美的本性，这热情注定了将深深影响他一辈子。那些送他去预备好的房间的人常常讲起，他只要发现自己要穿戴的华美衣服还有贵重珠宝，就快乐地欢呼着，并且很乐意地脱下原来的粗皮衣和粗羊皮外套。有时候他确实也留恋他以前那种自由自在的田间生活，他一天大部分时间都用在数不胜数的宫廷礼节上，这常常使他感到厌烦，然而这座富丽堂皇的宫殿（人们称它作“欢乐宫”，他已经是它的主人了），对他就好像是一个为了满足他的快乐而新创造的世界；只要他可以逃离会议席或引见室，他总是马上跑下那装饰着镀金的铜狮和亮云斑石级的梯子，每间屋子乱闯，在所有的走廊里活动，仿佛一个人要在美里面找出一副仙丹妙药，一种治病的仙方似的。

他将他看作是探险旅行，其实他觉得这真是漫游奇境，时不时地还有几个披着斗篷悬着美丽腰带的金发长身的内侍陪伴他；但大部分的时间，都是他单独居住，他好像有一种先天预知的灵敏，本能上认为艺术的秘密最好在暗中获取，其实美同智慧一样，都热爱孤寂的崇拜者。

在这个时期中传颂着太多关于他的离奇的故事。据说有位胖胖的市长，被造作全城市民选来的代表，说很多表面的效忠的话，曾经看见他非常恭敬地跪在画的面前，那幅大画刚从威尼斯送来，可能有崇拜新神的意思。又有一次他失踪了很长时间，人们遍地找寻，最后才在宫内北面塔里一个小房间里发现了他，他正盯着一块雕刻着阿多尼斯像的希腊宝石而出神。还有人传说，有人看见他用他的嘴去吻一座大理石古雕像的前额，那座石像是大家修建石桥的时候在河床中挖到的，石像上还刻着哈得良的俾斯尼亚①奴隶②的姓

---

① 俾斯尼亚，古名，在小亚细亚北部。

② 即美少年安提诺乌斯，他为着报答哈得良的爱，自愿投水祭神。后来哈得良立庙供他。

名。他还用了整夜的时间去研究月光照在一座恩狄米昂[1]的银像上的景象是如何变化的。

新鲜的事物总是吸引着他，他非常急切地想把这些东西据为己有，便派了许多商人出去，有的人向北海的渔民买琥珀，还有人去往埃及找寻只有在帝王陵墓中独有的神奇绿玉（听人说那种绿玉具有魔术的效力），有的去波斯收集丝绒的毡毯和色彩艳丽的陶器，还有一些人便到印度购买轻纱和染色的象牙，月长石还有翡翠手镯，檀香，蓝色珐琅器和细毛披肩。

可是他最最伤脑筋的却是他继位时穿那件衣服，那件袍子由金线织成，还有那顶嵌满红宝石的王冠和镶有珍珠串的节杖。的确他今晚靠在华丽的长沙发椅上看着壁炉中大段的松柴渐渐熄灭的时候，心里思考的正是这个。它们的设计者全部是当时最出名的美术家，图样在很久以前就已呈给他看过了，他还命令大家日夜不停地赶工，照图样做出来，并且要人到各处去寻找那些能与他们的技艺相称的珠宝，哪怕找遍全世界他也无所谓。他在想像着自己身着华贵的王袍站在大礼拜堂中继位的模样，他的孩子般的嘴唇上满是笑意，他那双深黑的森林人的眼睛同样散发灿烂的目光。

不久之后他起身，身子靠着壁炉的雕花庇檐，把这间灯光不太明亮的屋子看了看。墙上挂着的华贵壁画表现美好事物。一个嵌镶玛瑙和琉璃的大橱填满了四周，面对窗户立着一个非常精巧的柜子，它那些漆格子都是洒着贵重金子的，上面放了几个精良的威尼斯玻璃酒杯还有一个黑纹玛瑙的杯子。床铺绣着浅色的罂粟花，它

---

① 恩狄米昂，月神塞勒涅钟爱的美少年。

们像是从他的手里掉下来的；有天鹅绒的华盖，被带有凹槽的长象牙柱撑着，大簇的鸵鸟毛像白泡沫一样从那里伸向天花板上的灰白色雕像。一个青铜的那喀索斯笑容满面，双手过头，高高地捧着一面光亮的镜子。桌上放有紫水晶盆。

窗外，可望见礼拜堂的大圆顶，像一个大气泡，不清晰地显现在一大片阴暗的房屋顶上，劳累的哨兵在夜雾弥漫的河岸来回踱着。有一只夜莺在很远处的一座树林里唱歌。素馨花的淡香从敞开的窗飘进来。他把他的棕色鬈发从前额向后飘满，然后拿起一只琵琶，轻轻弹奏。他的沉重的眼皮如铅一般往下垂，他有一种奇怪的倦意。他从未有这样强烈的和快乐的感觉，美的东西居然有这样的魔力与神秘。

钟楼敲午夜钟的时候，他打一下铃，仆人进来了，他们遵照繁重的礼节为他宽衣解带，在他手上洒了玫瑰香水，接着将鲜花洒在他的枕头上。就退下去了，不久他入睡了。

他睡着了，做了一个梦，叙述如下：

他认为自己站在一间又长又矮的顶楼里面，一片织布机的声音围绕着他。格子窗射进的光很弱，让他看到俯在织架上面的织工们的身形十分憔悴。一些带病容的小孩儿脸色很难看，一身病态蹲在大的横梁上。梭子飞快穿过经线的时候，他们便把沉重的夹板抬起来，梭子一停下来，他们又放下夹板，把线压起来。他们的脸上带着被饥饿剥削的痕迹，这些人的手不住地哆嗦、颤抖。有一些瘦弱的妇人坐在一张桌子前面做缝纫。这个地方全都是可怕的臭气。空气污浊，十分的气闷，墙壁潮湿，还在滴水。

他走到一个织工的面前，在他身边看着他。

那个人生气地对他说道："你干吗守着我？你是不是奉我们主人的命令到这儿监视我们？"

"你指的是谁？"少年国王问道。

"我们的主人！"那个织工生气地大声说，"他那个人与我是相同的。的确，我跟他中间就只有这一个不大的区别——他穿漂亮衣服，我却总是不能那样，我饿坏了身体，他却撑坏了身体。"

"这个国家是自由的，"他说，"没有一个人可奴役你。"

"战争结束，强者强迫弱者做奴隶，"织工答道，"没有战争，有钱人强迫穷人做奴隶。我们只能做工来养活自己，而我们所挣的工钱却很少，我们实在是不能活了。我们一直为他们做苦工，他们的箱子里全是金子，我们的儿女未长大成人就死掉了，我们爱人的脸色也变得凶恶难看了。我们制造了葡萄汁，却不能喝葡萄酒。我们种庄稼，而自己的饭桌上却没有食物。我们都戴着链子，虽然链子是看不见的；我们都是奴隶，尽管人们说我们无拘无束。"

"所有的人都如此吗？"国王问道。

"所有的人都是这样，"织工答道，"不管是年轻人抑或老年人，所有人都是一样。商人盘剥我们，我们无法反抗，教士骑着马从我们身边走过，只是在数他的念珠，并没有人关心我们。贫穷瞪着一双饥饿的眼睛溜过我们那些阴暗的小巷，紧随其后的是那个酒糟面孔的罪恶。惨苦早晨来叫我们，晚上我们同样忍受屈辱。不过这些都不关你的事，你不是我们一伙的人。瞧你自己，你太快乐了。"他不高兴地转回头，把梭子投过织机，他看见梭子上面系的是金线。

他大吃一惊，便问织工道："你织的是什么袍子？"

“这是小王继位穿的袍子，”他答道，“你问这干什么？”

少年国王大叫一声，醒了。啊！他还在他自己的屋子里面，他看见蜜色的月亮大大地挂在朦胧的天空。

他又睡着了，而且又做了一个梦，他的梦是这样的：

他觉得自己躺在一只大船的上面，为这只船荡桨的是很多的奴隶。船长就坐在他旁边一幅毯子上。他黑得像乌木，头上包着一条红绸巾。银耳坠挂在厚厚的耳朵肉上，他手里握有象牙的天平。

奴隶们全身只有一块儿破烂的腰布，这些人一个接一个地锁在一块儿。炎热的太阳无情地射到他们身上，一些黑人在过道上来回跑着，拿皮鞭乱打他们。他们的膀子又干又瘦，桨对他们来说非常沉重。咸水从桨上溅起来。

最后船来到海湾，开始测量水深。从岸上吹过一阵风，给甲板和大三角帆都撒上一层细细的红沙。三个阿拉伯人骑着野驴朝这里跑来，把长枪对着他们乱射。船长拿起一只弓，对准一个阿拉伯人的咽喉射过去。那个人重重地跌进岸边的海中，他那两个同伙骑着驴跑远了。有一名蒙黄面纱的女人骑着一匹骆驼，在后面跟着他们，她时时回首看望那个死尸。

黑人们布置好以后，立刻进入底舱去，拿出一架梯子，梯上拴了铅，可以让梯身本身很重。船长将绳梯丢进海里，用两根铁柱固定住梯子。随后黑人们抓住一个很小的奴隶，敲去他的脚镣，在他头上涂满蜡，还把一块大石头系在他身上。他乏力地爬下绳梯，海水将他吞没了。在他沉下去的地方，水面上浮起了一些气泡。有几个奴隶好奇地望着他下去的地方。一个赶鲨鱼的人坐在船头，无味地击着鼓。

时间不长，那个人浮到水面上来了，他喘着气，左手抓紧梯子，右手呈上一颗珍珠。黑人们抢过他手里的珍珠，又把他丢入海中。这些人俯在桨上睡着了。

他又反复了好几次，他每次上来的时候，都带回美丽的珍珠。船长将珍珠一一过秤，全部放在一只绿皮小袋里面。

少年国王想说话，可是他的舌头仿佛与上腭粘在了一起，嘴唇也无法活动。黑人们之间言语不断，他们为了珍珠在吵架。两只白鹤绕着船飞来飞去。

潜水人最后一次浮上水面来时，带来了一颗所有奥马兹[①]的珍珠之美都比不上的珍珠，因为它圆得如同月亮，白得超过了晨星。而他的脸白得出奇，他刚到甲板上，耳朵和鼻孔里立刻出血了。他略微颤抖了一下，便不动了。这些人耸了耸肩头，把他的身体丢入了大海。

船长很高兴，他伸出手来拿着那颗珠子，欣赏了一会儿，便把它放在了他的前额上，低首行了一个礼。“它应当用来装饰在小王的节杖上。”他讲完后马上做了个让黑人起锚的手势。

小王听到这句话，他大叫一声，便醒过来了，穿过窗户，他发现黎明伸着灰色长指头正在拿去那已不泛亮的星星。

他又睡着了，做了第三个梦，他的梦是这样的：

他觉得他正穿过一个不见天日的树林，树上结的果子非比寻常，花朵美但有毒。他经过时，毒蛇向他示威，色彩艳丽的鹦鹉尖叫着飞过树丛。大龟昏睡在热泥水中。林中有很多的猴子和孔雀。

---

① 奥马兹，波斯湾中一个岛。

他继续前行，走到树林入口便站住了，他发现一大群人在一条无水的河床上工作着。他们像蚂蚁似地挤在河边。他们在地上挖了好多深坑，自己进入坑中。一些人拿着大斧在劈岩石，有的人在沙里掏摸。他们连根拔起仙人掌，把红花随意埋起来。他们你叫我、我喊你地工作，并没有一个偷懒的人。

懒惰躲在一个石洞的暗处守着他们，死说："我不等了，把他们的三分之一给我，让我走。"

可是贪欲不答应。她回答说："他们是我的佣人。"

死对她说："你手里拿着什么？"

"是三粒谷子，"她回答，"这与你有关吗？"

"给我一粒，"死说，"把它种在我的园子里；一粒就足够了，我马上就可以离开的。"

"你休想，"贪欲说，她把她的手藏在她的衣服后面。

死笑了，他拿出一个杯子，把它放进水里，于是疟疾从杯中跑出来了。疟疾来到人群，三分之一的人就这样死了。她后面起了一阵冷雾，在她旁边窜跑很多的水蛇。

贪欲看见人死了三分之一，便大哭起来。她捶着她那干瘦的胸膛，哭得很伤心。"你杀死了我三分之一的佣人，"她在哭，"你走吧。鞑靼人的山中战争在进行，两边的国王都引导你去。阿富汗人杀死黑牛，正准备参战。他们用长矛攻击盾牌，并且戴着铁盔。我这山谷与你无关，你干吗呆在这儿不走呢？快走，永远别到这儿来了。"

"不，"死答道，"你一定要给我一粒谷子，我才走。"

可是贪欲死握着手，咬紧牙关。"这不可能，"她喃喃地说。

死笑了，他随手拿了一块黑石子，掷进树林中去。热病马上出现了，穿着一件火焰的袍子。她走过人丛中，自由地接触人们的身体，凡是被她挨到的人都倒下死了。她的脚经过的草地，草也枯了。

贪欲很生气，把灰抹到头上。“你无情，”她说，“你太冷酷了。在印度各大城[1]内正闹饥荒，撒马耳罕的蓄水池也干涸了。在埃及市里正发生饥荒，沙漠中的蝗虫也来了。尼罗河水并没有涨上岸来，和尚抱怨着伊西斯[2]和奥西里斯[3]。那儿的人需要你，快去，不要弄我的佣人。”

“不，”死答道，“我如果没有一粒谷子，我是不会走的。”

“休想，”贪欲说。

死无语，他举起手在指缝间吹起哨子，天空出现一个女人。她额上写着“瘟疫”二字，很多瘦老鹰在她身边飞来飞去。她的翅膀盖住了整个山谷，人全都死光了。

贪欲一路哭着穿过树林落荒而逃，死也骑上他的红马走了，他的马把风抛在后面。从谷底黏泥中爬出来各种的怪物，一群胡狼在沙上跑着，大声吸气。

少年国王哭了，他说：“他们是谁？他们在找寻什么东西？”

“他们在找国王王冠上面嵌的红宝石。”一个人告诉他。

少年国王吃了一惊，他回过头，看见了一个打扮成香客的人，

---

① 原文是“有城墙的城”（the walled cities）。

② 伊西斯，古埃及的繁殖女神。

③ 奥西里斯，古埃及的主神，伊西斯女神的丈夫。

手里拿了一面银镜。

他脸色十分苍白，又问："国王是哪一个？"

香客答道："看着镜子，你就知道他是谁。"

他看那面镜子，却发现了自己的脸孔，他大喊起来，便醒了，亮堂的阳光流进他的房间，窗外，花园和别苑的树上，鸟群欢快地歌唱。

御前大臣和文武官员向他问安，内侍们把金线的王袍、王冠和节杖拿给他。

他望着那些东西，它们非常美。他没有见过如此美丽的东西。可是他想起了自己的梦，于是对他的大臣们说："把它们收起来，我不要穿它们。"

所有的人都很吃惊，有的人笑了，他们认为他只是随便一说而已。

可是他一本正经地对他们说："快点拿走，把它们藏起来。虽然是我继位的日子，我也不穿戴它们。原因是做这件袍子的织机充满了忧愁，为它而做的双手全是痛苦。红宝石的心上充满了血，珍珠的心上全是死。"他把他做的梦告诉了他们。

朝臣们听了这些以后面面相觑，悄悄交谈说："他一定疯了，因为梦就是梦，不会成为现实吧。它们全是假的，不值得我们去劳心费神。并且那些替我们工作的人的生命跟我们有什么相干呢？莫非一个人没有见过种庄稼的人就不可以吃面包，没有跟葡萄园丁接触过就不可以喝酒吗？"

御前大臣向少年国王进言道："陛下，我求您别理这阴郁的思想，穿上这件漂亮的衣服，戴上这顶王冠。要是您没有一件王袍，天下平民如何知道您是国王呢？”

少年国王看了看他。“这是真的吗？”他问道。“要是我没有一件王袍，他们就不承认我是国王吗？”

“他们会认不出的，陛下。”他大声说。

“我一直认为真有带帝王相的人，”少年国王答道，“或许你的话没错。但是我仍旧不穿这件袍子，这顶王冠也不戴，我进宫来的时候穿什么，现在也就照那种打扮出去。”

他吩咐所有人都退下，只留下一个内侍，那是一个孩子，比他小一些。他留下这孩子来侍奉他。他在清洁的水里洗了澡，搬来一个箱子，拿出他在山腰给牧人看羊时穿的那些衣服。把它们穿在身上，手里握着那根牧人杖。

那个小内侍瞪大了一双惊奇的蓝眼睛，笑着告诉他说：“陛下，我看到您有了王袍和节杖，可是您却没有王冠呀？”

于是他随手将一枝爬在露台上面的荆棘折断，把它弯过来，做成一个圆圈，放在他自己的头顶。“这就是我的王冠。”他答道。

便如此出了他的屋子，来到大殿上去，大家正在那儿等候他。

贵族们取笑他，有个贵族对他说：“陛下，百姓们等着看他们的国王，但是你让他们见识一个乞丐。”另一个贵族没好气地说：“他丢了我们国家的脸，不配做我们的主子。”但国王什么也不说，便走了出去，他路过亮云斑石的楼梯，出了铜门，骑上马，到礼拜堂去，小内侍在他旁边跑着。

百姓们大笑，嚷着：“国王的弄臣骑马走过了！”他一路不理别人的嘲笑。

他勒住马缰说：“不，我就是国王。”他将那三个梦告诉了百姓。

有人走出来，他痛苦地对少年国王说：“小王，您不知道穷人的生活是依靠富人的挥霍吗？我们就是靠您的阔绰来活命的，我们的面包就是您的陋习。给一个严厉的主人做工固然苦，可是要是没有主人让我们怎么活，我们会更苦。您以为乌鸦会给我食物？您对这些事又有什么措施？您会对买东西的人说：‘你得用这种价格去交易’，又对卖的人说：‘你得照这样价钱去交易’吗？我不相信。所以您最好回到您的宫里去，穿上您的紫袍、细衣吧。您跟我们的痛苦有什么关系呢？”

“富人和穷人不都一样吗？”少年国王问道。

“是的，”那个人答道，“那个人的名字叫该隐①。”

他的眼里全是泪水，他策马慢慢前行，百姓们议论着，那个小内侍害怕起来，便离开他。

他来到礼拜堂的大门口，有人拦住他说：“你在这儿找什么！这道门除非是国王谁都不能进。”

他气红了脸，告诉他们：“我就是国王，”他把他们的戟挥开，进去了。

老主教看见他穿着牧羊人衣服到这里，便惊讶地离开了宝座，迎上前去，问他：“孩子，这是国王的衣服吗？可是我却没有王冠给你加冕呢？也没有节杖啊？事实上今天这个日子要让你很快乐，而不是屈辱。”

“那么快乐应该穿愁苦做的衣服吗？”少年国王说。他告诉主教

① 该隐杀死他的兄弟亚伯，事见《圣经·旧约》。

他的三个梦。

主教听完了他的梦，马上不安地说："孩子，我是一个老人，我已经年纪大了，我知道这个辽阔的世界上有过不少的坏事情。凶恶的土匪从山上跑下来绑走孩子，并将其卖给摩尔人①。狮子躺着等待商队走过，抓骆驼吃。野猪挖起山沟里的粮食，狐狸咬了山上的葡萄藤。海盗抢劫海岸，抢走渔网，焚烧渔船。病患住在盐泽里，用芦苇秆子搭建房屋，所有人都不愿靠近他们。乞丐们流落街头，无家可归，跟狗一块儿吃饭。你能够叫这些事情不再发生吗？你会跟麻风病人同睡一床，和乞丐一起吃饭吗？你会叫狮子顺从你的命令，让野猪服从你的命令吗？难道那位制造贫苦来的他②没有你聪明？因此我并不建议你如此做事情，我却要你回到你的宫里，高高兴兴的，穿着适合国王身份的衣服，我要拿金王冠来给你加冕，我要把珍珠的节杖送给你。关于你那些梦，就别再想了。现世的担子太重了，不是独自挑得动的，人世总是会不如意，一颗心是无法受得了的。"

"你在这个地方说这些吗？"少年国王说，他大步走过主教面前，来到祭坛上，立在基督的像前。

他立在基督像前，他的左右两边摆放着灿烂的金盆，盛黄酒的圣餐杯和装圣油的瓶子。于是他在基督像前跪下，光彩夺目的神座旁边的蜡烛照得亮堂堂的，香的烟云盘成青色细圈环绕在圆顶下。他垂着头祈祷，那些穿着硬法衣的教士全都走开了。

---

① 摩尔人，非洲西北部的一个民族。

② 指上帝。

外面街上突然传来一阵吵闹声，立场不坚定的贵族们手执亮的剑和发光的钢盾牌来到这儿，“那个做梦的人在何处？”他们大喊道。“那个把自己装扮成乞丐的国王，并且让我们国家蒙羞的孩子在哪儿？我们一定要杀死他，原因是他不配领导我们。”

少年国王又埋下他的头祈祷，完成后才站起来，他转过身子不安地望着他的臣子。

快看！太阳穿过彩色玻璃窗照耀着他，日光在他身边织成一件金袍，美丽得超过那件已经做成的王袍。那根枯死的杖开花了，而且是百合花，白得超过了珍珠。干枯的荆棘同样开花了，是比红宝石还要红的玫瑰花。百合花胜过最好的珍珠，梗子是亮银的。玫瑰花胜过上等红宝石，叶子是金的。

他穿着国王的衣服站在祭坛上，珠宝装饰的神龛打开了，从四射光茫的“圣饼台”① 的水晶上射出一种不寻常的神奇的光。他穿着国王的服装站在那儿，这个地方到处都拥有上帝的荣光，连那些壁龛中雕刻的圣徒们也好像活了过来。他穿着华贵的王袍立在他们面前，空中弥漫着美丽的音乐，喇叭手吹起的喇叭声，孩子们的唱歌的声音。

百姓们敬畏地跪在他的脚下，王公大臣收回宝剑，向他行着敬礼，主教脸色铁青，双手颤抖着。“比我伟大的替我为你完成仪式了。”他大声说，跪倒在国王的面前。

少年国王从高高的祭坛上来到下边，穿过人丛回到宫里。无人

---

① 按照天主教规矩，“圣饼台”就是放“圣饼”的台架。“圣饼”又称“圣体”，即圣餐时用的“圣饼”，因此“圣饼台”又称“圣体匣”。

敢看他的脸，原因是那张脸太像天使的面容了。

西班牙公主的生日

西班牙公主迎来生日。她刚满十二岁，这天皇宫里阳光十分明媚。

她虽是一个真正的公主，名符其实的西班牙公主，可是她跟穷人的小孩儿是相同的，一年只有一个生日，所以全国人民自然把这作为一件极其重要的事，就是她生日当天应该非常晴朗。那天的确称得上是个很晴的天。高高的有条纹的郁金香挺立在花茎上，像是士兵排成了长队，这些花一面傲慢地望着草地那一边的蔷薇花，同时说："我们现在完全跟你们一样美丽了。"漂亮的蝴蝶带着两翅的金粉在各处翻飞，不停地与群花交谈，小蜥蜴从墙壁缝隙中爬出来，享受日光给它带来的温暖；石榴受了热裂开，露出它们带血的红心；连镂花的棚架上，沿着不怎么明亮的拱廊，悬垂着很多的淡黄色柠檬，也好像通过十分好的日光，得到一种更亮净的颜色，玉兰树同样打开了它们那些闭着的象牙的球形花苞，到处充满了浓郁的甜香。

小公主本人同她的游伴们在阳台上来回走着，绕着石瓶和长了青苔的假山在玩捉迷藏的游戏。在平日公主是不可以与身份有差别的小朋友玩的，因此她总是独自一人，没有伙伴。但是在她的生日这天却是一个例外，国王允准，她在这天可以邀请自己所喜欢的所有小朋友到宫里来陪她玩。这群身材苗条的西班牙孩子走起路来，姿态很是优美，男的头上戴着佩有大羽毛的帽子，身上披着的短外衣总是在飘动，女的提着锦缎长衣的后裾，用不同颜色的巨扇给她们的眼睛掩盖阳光。他们中间最优雅的还是公主，并且她的打扮是最雅致的，还是依照当时时尚的一种十分繁重的式样。她的衣服是灰色缎子制作而成，衣裾和肥大的袖子上绣满了银花，漂亮的胸衣上用几排上等珍珠做修饰。她走起路来衣服下面露出一双配着浅红色臣型蔷薇花的小拖鞋。她那把大纱扇是淡红色还有珍珠色的，她一张苍白的小脸被好像掉色的黄金发环围绕，头发上戴了十分优美的白蔷薇。

那位郁闷消沉的国王①透过窗户望着这群小孩。他所憎厌的亲人，阿拉贡的唐·彼德洛，站在他的身后，是坐在他的身边的他的忏悔师，格拉那达②的大宗教审判官。这时候国王的愁闷比先前更重了，因为他看到了自己的孩子带领一群孩子认真的向她面前那群小朝臣行礼，或者偶尔冲与她在一起的讨人厌的阿布奎基公爵夫人用扇子掩着脸娇笑之时，他情不自禁地想起了她的母亲。他觉得好像还是最近的事情，那位年轻的王后从欢乐的法国到了这里，在西班牙宫廷那种令人不安的奢华生活中憔悴而死，留下一个不足一岁的孩子，她都未曾见院中的杏树来年的花朵，也无法摘到那棵多节的老无花果树上的果实，院子里如今已是杂草丛生。他对她的爱非常广大，因此不让她入土以致他们不能见面。他叫一个摩尔族的医

---

① 是指西班牙国王腓力二世（1527—1598），但也有不合史实的叙述。有些地方又像是指腓力五世（1683—1746）。

② 格拉那达，西班牙南部的一省，忏悔师就是听教徒忏悔的长老。

生用香料保存了她的尸首，他由于信邪教和行魔术的嫌疑，听说已经被宗教裁判所判了死刑，国王因为这个便赦免了他。她的身体现在还安放在宫中黑大理石的礼拜堂内，尸架周围有帷幔，跟将近十二年前那个起风的三月天里，和尚把她抬到那里去的时候没什么不同。一个月里总有一次，国王用一件大衣包住身子，手里提一个掩住光的灯笼来到这个礼拜堂，跪在她的旁边叫喊："我的王后！"我的王后！[1] 有时他甚至忘记抱住（在西班牙个人任何行为都得受礼节的管制，连国王的悲哀也得受它的限制），不能控制的在悲怆的时候抓住她那只戴珠宝的毫无血色的手，狂吻她那冰冷的化妆过的脸，希望把她唤醒。

今天她好像又来到了他的面前，如同他在枫丹白露宫[2]里第一次见她那样，他那时只有十五岁，而她更年轻。他们当时就正式订婚，由罗马教皇的使节操办了典礼，法国国王和全体朝臣都见证了他们的订婚礼。以后他便和他一齐到了他的宫中，他进马车的时候，用幼稚的嘴唇埋下来吻她的手，这一切伴着他回国。婚礼后来在蒲尔哥斯（法西两国接攘处一个西班牙小城）仓促地举行，接着回到京城马德里，才公开举行隆重的庆贺，按照规矩在拉·阿多奇亚教堂里举行了盛大的弥撒，并且举行比任何一次都更加严格的判处异教徒火刑的典礼，把将近三百个异教徒（包括不少的英国人）交给行刑人绑在火柱上烧死。

他对她的爱特别疯狂，他的国家那时候正和英国作战。为了胜

---

① 原文是西班牙文：Mi reina！reina！

② 在巴黎东南。

利，许多人把国家的失败归于他对她的爱。他总是陪伴在她左右；为了她，他忘记了或者好像忘记了所有的国家大事；激情使他变成如此惊人的地步，他竟然没有发现他为了讨好她苦心想出的那些繁重礼节，相反却加重了她那个奇怪的病症。她死后，很长时间他好像成了一个疯子。并且要不是他担心他退位后，小公主会受到那位以残酷扬名的兄弟的虐待，他一定会选择让位到格拉那达的特拉卜教派①大寺院中修行，他已成为那个寺院的名誉院长了。他兄弟的残酷在这里是众人皆知，许多人还猜测他毒死了王后，说是王后到他的探访访问之时，他送了她一双有毒的手套。希望纪念死去的王后，国王曾通令全国哀悼三年，甚至在三年过后，不准所有人向他提另娶的事，后来皇帝②本人出面希望将侄女波希米亚郡主（一位可爱的郡主）嫁给他，他却吩咐使臣转告皇帝说，自己已经同“悲哀”结了婚，虽然她是一个无法生儿育女的新娘，但对她的爱胜过美丽的郡主。他这个答复让他的王国失去了尼德兰的富裕省份③。那些省份马上就在皇帝的煽动下，由少数新教徒领导，开始了反对他的叛乱。

今天他望着公主在园子里玩闹的时候，他似乎又回到了他所有的婚姻生活之中，他又经历了一次曾经历过的强烈的、火热的欢乐

---

① 特拉卜教派，天主教西多会的一支派。由诺曼底地方的特拉卜寺院得名。教规极严，注重沉默，完全素食。但特拉卜教派的创立却是腓力二世死后的事（1664 年）。

② 指神圣罗马皇帝马克西米利安二世（1527—1576），原为奥地利大公，匈牙利和波希米亚的国王。1564 年即帝位。

③ 指后来的荷兰国，以前由西班牙统治，1568 年发动反西班牙的战争，1684 年赶走了西班牙人。

和因这生活的突然消失所带来的可怕的痛苦。死去的王后全部的一切动人的傲慢态度，小公主无不具有，她那种任性地摆头的样子就好像母亲，她母亲那张骄傲的美丽的弯弯的嘴，独有的微笑（的确是所谓“真正法国的微笑”），她偶尔仰起头望着这儿，要么就伸出她的小手让西班牙显贵们亲吻的时候，他发现这种微笑。可是小孩儿们的笑声非常尖锐的刺着他的耳朵，明媚的阳光好像成心嘲弄着他的悲哀，连早晨清爽的空气也被某些古怪香料（就像人用来保存尸首使它不至于腐烂的那种香料）的沉滞香味污染了——或者这只是他的幻想吧？他双手挡住脸。等到小公主再抬起头看窗户的时候，他已放下窗帘，她没看到国王。

她稍稍噘起嘴显出失望的样子，又耸了一下肩。今天是她的生日，他却不和她玩。那些愚蠢的国事有那么重要吗？或者他又去那个阴沉的礼拜堂吧？那里是不许她进去的，她知道那儿永远点着蜡烛。他多傻，太阳如此明亮，大家都如此的欢快，他却一个人躲在那儿！何况假斗牛戏的号声已经响起来了，他怎么可能看不到的，更不必说傀儡戏和别的有趣的游戏了。她的亲人和大臣显得贴近人情。他们到阳台上来为她道喜。因此她摇摆着她那美丽的头，拉着唐·彼德洛的手，慢慢地走下了石级，朝着一座盛大的紫绸帐蓬走去，帐蓬搭在园子的尽头，其他的小孩儿们严格地有序地跟在她后面：谁的名字最长，谁就在最前头。

一队化装为斗牛士的孩子走出来迎接她，年轻的新地伯爵（一个十分漂亮的十四岁光景的孩子）佩有西班牙贵族世家的全部优雅态度脱帽向她问好，郑重地引她进去，走到场内高台上一个镶金的小象牙椅子前。女孩儿们在四周围成一个圈子坐了下来，一面挥着她们的大扇子谈论着。唐·彼德洛和大宗教裁判官微笑着守在场子的入口。连那位公爵夫人（一个脸色可怕的瘦女人，还戴着一圈黄色围巾，人们叫她做“侍从女官长”）今天也破例地脸上出现了笑容，一个冷淡的微笑掠过她满是皱纹的脸，使她那枯瘦的没有光泽的嘴唇动了一下。

这的确是一场伟大的斗牛戏，对她而言，胜过了真的斗牛戏（有一次帕马公爵来访问她父亲的时候，她停留在塞维尔①被人带去看过真的斗牛戏）。孩子们骑木马来回跑，木马披着华贵的衣服。他们挥动着长枪，枪上挂了丝带长幡，颜色亮丽非常漂亮。还有的男孩儿徒步走着，在“牛”面前抖动手中的猩红色大氅，要是“牛”向他们进攻，他们就会跳过栅栏。至于“牛”呢，虽然它只是用张开的牛皮做成的，却极象一头活牛，何况有的时候它还会用两条腿跑，这是活牛所没有的想法。它斗得非常好，女孩儿们兴奋到了极点，她们竟然站了起来，挥舞着她们的花边手帕，大声呼喊：“好呀！好呀！”她们如成人一般地懂事。希望这些友谊延长下去，有几匹木马被弄坏了，骑马的人也下了马来，后来那个年轻的新地伯爵把“牛”弄得跪在地上，他希望小公主允许他使出“致命的一击”，在获得她的许可下，便将他的木剑刺入假马的脖子里去，他用力过大，突然间砍掉了牛头，露出来小罗南先生的笑脸，他原是法国驻马德里大使的儿子。

在众人良久拍掌雀跃声中，场子清理完毕，两个摩尔族的侍役穿着黄黑相间的制服严肃地拖走了木马的尸首，却出现一段小小的

① 塞维尔，西班牙南部的一省。

插曲：一个法国走绳师表演了一次走绳，接着在一个特意为演傀儡戏建成的小剧院的舞台上，由意大利的演员演出了半古典的悲剧《莎福尼士巴》。这些人演得特棒，它们的动作很自然，戏结束后，公主的眼里噙满泪水。有很多人真的哭了起来，需要用糖果去哄，连大宗教裁判官也被深深地感染了，他终于对唐·彼德洛说，像这种用木头还有染色的蜡做成的，并且由提线机械地转动的东西居然会这样地不痛快，又会遭受如此可怕的恶运，他觉得实在是难受。

接下来是一个非洲人变戏法的节目。他进来时提了一个又大又平的篮子，这些上面用一块红布盖着，他把篮子放在场子的中央，从他的包头帕下拿出一根不平常的芦管吹着。过了不大工夫，布开始移动，芦管声音愈来愈尖，从布下面出现两条蛇的古怪的楔形的头，是两条色彩艳丽的蛇，慢慢地举起身子，跟着音乐动起来，就像一棵植物在水中摇动一样。小孩儿们看到它们带斑点的头顶和迅速吐动的舌头，却实有点儿害怕，直到后来看见变戏法人在将一棵不大的橙子树种在沙土上，开出鲜艳的白花，并且结了一簇真正的果子，他们显得很高兴了；最后变戏法人拿起拉斯·多列士侯爵小女儿的扇子，将扇子变成一只青鸟在帐篷里飞舞，唱歌，这时孩子们很吃惊。还有毕拉尔圣母院礼拜堂的演出的男孩儿们庄严表演的“梅吕哀舞”① 同样很动人的。这个盛典每年五月里都在圣母的主祭坛前表演一次，来朝拜圣母，可是小公主是第一次见；并且自从一个疯教士（许多人觉得他是被英国伊丽莎白女王②雇佣）曾经想用

---

① 梅吕哀舞，一种徐缓而端庄的舞蹈。

② 伊丽莎白女王，英格兰与爱尔兰的女王（1533—1609）。

一块有毒的圣饼害死阿斯都里亚王[1]以后，的确就没有一位西班牙王族进入萨拉戈萨[2]的大教堂。所以她只从别人口中听说“圣母舞”怎样怎样（现在表演的“圣母舞”）。这确实很好看，那些男孩儿们都身着白色天鹅绒的旧式服饰，他们的三角帽很奇特，垂着银穗子，帽顶上用大鸵鸟毛做修饰，他们在日光里跳舞的时候，他们那身抢眼的白衣裳使他们的皮肤和黑色的长发越显得很抢眼。他们在这错杂的舞蹈中从头到尾全部带着庄重尊严的神情，他们的缓慢的舞步还有动作有一种极考究的优雅，他们的鞠躬同样是很潇洒的，这一切把所有的人都迷住了。到后来他们表演完毕，脱下他们的帽子向小公主致敬，她非常礼貌地答礼，而且答应送一支大蜡烛到毕拉尔圣母的神坛上去，回报圣母赐给她的快乐。

于是一群漂亮的埃及人（当时大家称吉卜赛人为埃及人）走进来，他们围成一个圈子，盘着腿而坐，自信地弹起他们的弦琴，身体跟着琴调摇摆，唱了一支轻柔的调子，声音低得几乎让人听不清。他们看见唐·彼德洛，便对他生气了，有的人好似很害怕的样子，原因是就在几个星期以前，他们的两个伙伴被唐·彼德洛用了行妖术的罪名在塞维尔的市场上处死。但当小公主把身子靠在后面，把一对大蓝眼睛越过扇子看他们时，她的美丽把他们迷住了，他们认为像她这样可爱的人决不会残酷地处死别人的。因此他们很斯文地弹着弦琴，他们漂亮的指甲恰好接触琴弦，头开始点着，仿佛在打瞌睡似的。突然间他们发出一声十分尖锐的叫声，小孩儿们

---

① 阿斯都里亚王，1388 年以后西班牙王太子的称号。

② 萨拉戈萨，西班牙东北部的一省。

都被吓到了，唐·彼德洛的手连忙握住他短剑的后面，以为发生了什么变故，原来那些弹琴的人站起身子，疯狂地围着场子转圈，一面敲手鼓，一面用他们那种古怪的带喉音的语言唱很好听的又豪迈的歌曲。当另一声信号响起来时，他们又全体扑到地上，就静静地躺在那儿，全场很静，只听到一阵单调的琴声。他们这样反复几次之后就停下了，过了一会儿，又带来一只毛茸茸的褐色大熊回到场子里，在这些人的肩上还坐了几个小巴巴利①猴子。熊不苟言笑地倒立起来，那些枯瘦的猴子紧随两个吉卜赛小孩儿（他们好像是他们的主人）玩着各种趣味很浓的把戏，打架，以及做像国王的禁卫军那样的正规兵的练习。吉卜赛人的表演可以说是很完美。

然而整个早晨的游艺节目中还是小矮人的跳舞最有趣。小矮人笨重地移动那双不能直立的腿，摆动已经畸形的大头，连跌带滚地跑进场子时，小孩儿们兴奋得大声呼喊起来，小公主同样控制不住放声大笑。因此那位“侍从女官”只好暗示她说，一位国王的女儿面对相同身份的人而哭，这样的事在这个国家虽有不少的先例，但从未见过一位皇族公主在一大群身份比她低下的人面前这样高兴的。但矮人的诱惑太大了，真正是很精彩，西班牙宫廷向来以培养恐怖的嗜好而闻名于世，却从来没出现过一个这么怪相的小人。并且他还是首次出场。因为他是在昨天才被人发现的。两个贵族在城外树林的最远的一段打猎，他正在林子里跑来跑去，他们遇见了他，便把他带来了，准备给小公主一个惊喜；矮人的父亲是个没钱的烧炭夫，看见有人肯收养这个极丑陋但任何事都不能做的孩子，

---

① 巴巴利在北非洲。

倒是很高兴。关于矮人的最有趣的事也许就是他从一开始就没感到自己难看。的确，他好像很愉快，并且很有精神似的，孩子们笑的时候，他同样笑，而且笑得跟他们其中的每一个人差不多，一样欢欣；每次跳舞完毕，他都要给他们每个人鞠个最逗趣的躬，微笑着和她们打招呼，就好像他真的是跟他们同类的人，并不是大自然故意的制造来供别人戏弄的一个畸形小东西。面对眼前的公主，他完全被她迷住了。他的眼睛一直盯在她身上，他好像专为她一个人跳舞一样。等他表演结束，小公主记得有一次，教皇把他自己礼拜堂里演唱的意大利著名最高音歌者加法奈利[①]派到这里来，用他美好的歌喉解除西班牙国王的苦难，那个时候她亲眼目睹宫廷贵妇们向他投掷花束，她便从她头发上拿下那朵美丽的白蔷薇，带着玩笑与耍弄那个“侍从女官”意味，脸上显出最甜蜜的微笑，将花丢向场子里的他；他把事情看得特别认真，拿起花按在他粗糙的嘴唇上，把手放在胸前在她面前跪了下来，嘴张得大大的，一对漂亮的亮眼睛溢满喜悦的光彩。

小公主已无法保持自己的庄严了，这个人离开许久以后她还在笑，然后对她的叔父表示她希望小矮人能再跳一次舞。可是那位“侍从女官”说是太阳太大了，您应该赶快回宫，宫里已经为她预备了盛宴，有一个生日大蛋糕，上面用各种糖果做出她名字的缩写字母，还有一面可爱的旗子插在上面飘舞。小公主这才离开了座位，吩咐小矮人在午睡时间以后要继续给她表演跳舞，然后感谢年

① 加法奈利（1703—1787），意大利歌者，真名 Gaetano Majorano。他较腓力二世晚生 170 余年。他和腓力五世同时代。

轻的新地伯爵今天这番周到的款待，之后就回去了。小孩儿们仍旧依照他们来时的顺序跟着走了。

小矮人听说让他在公主面前再重新跳舞，而且是公主亲自要求的，他很高兴，便跑进花园里去，他高兴得忘乎所以，居然持续地吻着白蔷薇，做出些不雅观的快乐动作。

花看见他竟敢大胆闯进他们的家里来，非常不乐意，他们看到他在花径里又蹦又跳，举起两手不住地挥舞，很好玩，他们再也无法忍受了。

“他实在太难看了，怎么可以让他到我们在的任何地方来玩。”郁金香叫喊着。

“他应当喝罂粟汁一直睡到死。”大的红百合花说，他们气坏了。

“他真是可怕的东西！”仙人掌叫道。“他身子矮胖，没有什么形态，他的头大得跟腿完全不成比例。看了他我就恶心，要是他走到我身边，我就要拿我的刺去刺他。”

“他倒的确拥有了我一朵美丽的花！”白蔷薇树大声说。“我今早晨作为我的礼物，亲自送给公主，他从公主那儿偷了那朵花。”于是她拼命地叫起来：“贼，贼，贼！”

连平日比较文静的红风露草（他们自己同样有很多的穷亲戚，这是尽人皆知的事）看见他也腻烦地藏起来了；紫罗兰在旁边较大度地说小矮人的确不怎么好看，但是上天让他这样，他无法选择，风露草立刻做出很公平的样子反驳道，那是他最大的缺陷，而且没有理由由于他有不治之症就奉承他；其实有一些紫罗兰也认为小矮人的丑陋大半是他自己夸大的，何况要是他愁容满面，或者至少神情中有一些沉思，不要像现在快乐地跳来跳去，做出很多古怪的傻动作，那么他看起来也要好一些。

说起老日晷仪呢，他是一位很著名的人物，他曾经还亲自向查理五世皇帝陛下①报告过时刻，他发现小矮人，简直都惊呆了，他已经忘记用他那带影子的长指头指着足有两分钟了，他忍不住对那位在栏杆上晒太阳的乳白色大孔雀提意见说，第一个人都明白，国王的孩子还是国王，烧炭夫的孩子还是烧炭夫，别希望事情会发生变化。孔雀完全赞成他的说法，并且叫起来："很好。"她声音又粗又大，连住在清凉喷泉的池中的金鱼们游到水面，向那些石头雕的大海神②探问世间怎么了。

可是鸟儿却喜欢他。他在树林玩，他们常常看见他。有时像妖精一样追逐在空中旋转的落叶跳舞，还有时候蹲在一棵老橡树的洞孔里，让松鼠分享他的硬壳果。他们根本也不嫌弃他的丑陋。是啊，夜莺晚上在橙子林里唱歌，歌声甜，明月经常也弯下腰来听她唱，连她也不能说很漂亮的。并且小矮人过去对待鸟儿都非常和善，譬如在那个可怕的严冬，树上已经不存在果子了，土地硬得如铁，狼群居然跑到城门口来找吃的，他总是想着他们，他总是把他的小块儿黑面包揉成屑给他们吃，也不想想他自己的早餐有多不好，他总要留一点儿给他们。

因此他们现在盘旋在他的周围，他们飞过他头顶时就会用翅膀

---

① 查理五世，即卡尔五世（1500—1558），德意志皇帝兼西班牙王，1556 年逊位，西班牙王位由腓力二世继承。

② 音译"特赖登"，希腊神话中，半人半鱼的海神。

轻轻蹭一下他的脸颊，他们不停地交谈，小矮人高兴极了，他拿出那朵美丽的白蔷薇向他们炫耀，对他说，这是公主亲自给他的，因为她爱他。

他们不明白他在说什么，可是并没有关系，因为他们把头歪在一边，表示很明白的样子，这跟真正了解一样地好，而且更容易得多。

蜥蜴也很喜欢他，他跑不动了停下来休息的时候，他们在他周身打闹，使出浑身解数使他高兴。他们大叫："不是所有人都能像蜥蜴那样地漂亮。这样的要求是过分的。并且说起来即使有点不近情理，但事实就是事实，如果我们面对他不睁眼睛，他倒也并不十分丑陋。"蜥蜴生就是一种完全哲学家的气质，在他们不忙或者雨水太多蜗居在家的时候，总是坐着默想几个钟头。

花儿很担忧，而他们这样做，都使花非常担心。花说："很明显，这样不停地跳跳蹦蹦，一定造成一种很坏的影响，有教养的人总是像我们这样老老实实待在一个地方。从没有人看见我们在花径里跳来跳去，或者快速经过草丛追逐蜻蜓。要是我们在一个地方玩够了，我们就去找了园丁来，他就会将我们搬到另一个花坛上去。这是很尊严的，而且应该是这样。可是鸟和蜥蜴却不知道停下来，并且鸟都没有一个不变的地址。他们如同吉卜赛人一样地流浪，本该受到那样的待遇。"他们便昂起头，做出高贵的样子，过了一会儿，他们看见小矮人从草地上起身了，穿过阳台往宫里走去，他们就十分高兴。

"他一生不应该在外面，"他们说。"看他的样子多难看。"他们吃吃地笑起来。

可是小矮人并不知道这些，他很喜欢鸟和蜥蜴，还认为花是最美丽的，自然小公主除外，可是小公主已经给了他一朵美丽的白蔷薇，她爱他，那就不一样了。他多么希望他同她一块儿回到林子里去！他会坐在她右手边，对她微笑，他不离她身边半步，他要她做他的朋友，教给她各种有趣的把戏。原因是虽然他以前从没有进过王宫，他也听说不少的大事。但是他能够用灯心草做出小笼子，关住蚱蜢叫它在里面唱歌，而且可以将细长的竹管做成笛子，吹起调子来连牧神[1]都喜欢。他懂得每只鸟的叫声，他可以把欧椋鸟从树梢唤下来，从小湖里唤起苍鹭。他可以分清每头兽的脚迹，能够凭着轻微的脚印追赶野兔，靠着大熊践踏过的树叶寻找大熊。风的各种跳舞他都很了解，秋天穿着红衣的狂舞，穿着蓝草鞋在谷上的舞蹈，冬天戴着白的雪冠的跳舞，春天漂亮的花舞。他知道斑鸠做窝的地点，以前捕鸟人把老鸠捉去了，他便亲自承担了照顾幼鸟的责任；他在一棵剪去顶枝榆树的树洞为它们造了一个小小的房子。它们很听话，已经习惯了每天早晨吃他手中的食物。她会喜欢它们，还有在长凤尾草里面窜来窜去的兔子，有着硬羽毛和黑嘴的樫鸟，可以蜷缩成带刺圆球的刺猬，还有摇摆着头、轻轻咬着嫩叶、慢慢地爬着的大智龟，她都会喜欢的。没错，她一定要到林子里与他一起玩。他要让她睡在自己一直睡的小床上，自己在窗外守护着她，不要叫长角的野兽伤害她，同样不让面目狰狞的豺狼走近茅屋来。早上他会轻轻敲着窗板，唤醒她，一起到外面，一个整天都在跳舞。林子里真是非常地不冷清。有时一个主教骑上他的白骡子经

① 即“潘”，山野牧神。

过，手里还拿着一本图画书在读。还有一些戴着绿绒便帽的饲鹰人，身穿熟鹿皮短上衣走过去，随身带着鹰。在葡萄成熟的时候，采葡萄做酒的人到这里，手脚全都是紫色，头上戴着新鲜常春藤编的花冠，拿着还在装满酒的袋子；烧炭人晚上围了大火盆坐着，看着在火中慢慢烧起的火苗，把栗子埋在热灰中烘着，强盗们从山洞里出来陪伴他们左右。还有一回，他看见一个美丽的队列在去托雷多[①]的路上一直廷伸下去，那条路很长且扬满尘土。走在前头的和尚，口里唱着动人的歌，手里握有颜色鲜明的旗子和金十字架，跟在后面的是穿银盔甲拿着火绳枪与长矛的士兵，在这些人中间还有三个人光着脚板，身穿不平常的黄袍，袍上绘满了让人无法理解的画像，手中举着点燃的蜡烛。的确，树林中好看的东西太多了，要是她倦了，他便会找来长满青苔的浅滩给她休息，或者就抱起她，因为他知道虽然自己的个子很矮，可是他是很强壮的。他会用一种蔓草的红果为她做一串项链，这种红果子一定能够与她装饰在衣服上面的白果子相比美，要是她看不上，她可以丢弃，他会给她找其他果子。他会给她找些皂斗还有被露水浸透了的秋牡丹，还有萤火虫能够做她淡金色头发中间的星星。

可是她到哪儿去了？他问白蔷薇，白蔷薇沉默不语。整个王宫如同都进入了梦乡，就是在百叶窗没有关上的地方，窗上也悬挂着厚厚的窗帷挡住了日光。他到处转来转去，想找个门进去，然后他看见一道小小的便门没有关上。他便溜了进去，原来这是一个精美的大厅，他觉得它比树林还要好，到处都是金光闪闪的，砌地板的

① 指托雷多大教堂。

大石头是五色的，安放得特别的整齐，看不出一点歪斜，如同是一个整块。然而却见不到公主，除了一些非常漂亮的白石像在他们的绿玉像座上望着他，眼中充满了迷茫，他们的嘴唇上的微笑也很奇怪。

在厅子的尽头挂着一幅绣得十分高贵精美的黑天鹅绒的帷幔，最上边有太阳和星星作点缀，这是国王最得意的想法，并且绣的颜色也是他最爱的颜色。可能她藏在那后面吧？说什么他也要过去看一看。

因此他便悄悄地走过去，把帷幔打开。不，那儿仅是另一个房间，但是他觉得它比他刚才离开的那间屋子都要漂亮。墙上的绿色挂毯，绣着一幅行猎图，画中有很多动物，是几个佛兰德斯①美术家花费七年以上的时间完成的。这房间曾经是“傻约翰”（他的绰号）睡觉的地方，那个疯王特别钟爱打猎，他在精神错乱的时候，还总想骑上画中很多扬起前蹄的大马，拖开那只已经被大群猎狗围攻的公鹿，吹起行猎的口号，用他的短剑刺着一只奔逃的母鹿。现在房间变成会议室，在屋中央那张桌子上有了国务大臣们的红色文件夹，上面印有国家的国徽金郁金香和哈布斯堡皇室的纹章还有标识。

小矮人奇怪地看着四周，他有点儿不敢往上走了。那些奇怪的无声的骑马人如此轻盈地驰过树林中很长距离的草地，连一点儿动静也没有，他觉得他们就是他听那些人所讲的那种可怕的鬼怪“康

① 佛兰德斯，古地名，今分属法、比、荷三国。佛兰德斯画派在16、17世纪时极盛。

卜拉却”，他们只在黑夜出来打猎，如果见到别人，他们就使他变成赤鹿，然后把他抓住。可是小矮人一想到美丽的公主，胆子又大了起来。他盼望能发现她，并且是她独自一人，他要对她说，他也爱她。也许她就在隔壁那间屋子里。

他经过地毯，把门打开。不！这儿也没有她。屋子没有人。

这是一间御殿，用来接见外国使臣，如果国王同意亲自接见他们（这样的事有很多），就叫他们到这里来；在很久之前，英国专使来西班牙为他们的女王①（她是那时候欧洲天主教君主之一）和皇帝的长子②结婚作准备，就是在这间屋子见到了国王。屋里挂的帷幔是用西班牙生产的皮毛做的且都带有金子，黑白二色的天花板下面有一个烛架，很重也镀着金，架上能插数目众多的蜡烛。一个金布大华盖上面有用小粒珍珠绣成的狮子和加斯的尔③塔，那里放有国王的座位，覆盖着一块儿华贵的黑天鹅绒罩衣，罩衣上满是银色的郁金香，而且搭配着非常精巧的银和珍珠的穗子。那里的第二级上面放着公主用的跪凳，跪凳上放着用银线布做成的垫子，就在它的下面，放着教皇使节的椅子，但已不在华盖的底下了，只有教皇使节才可以有资格在举行所有的公开典礼的时候当着国王的面坐着，前面放着些紫色小几，那是供主教放礼帽用的。帽上有缠结着的深红色帽缨，它的对面的墙上挂了一幅查理五世的画像，跟真人

---

① 指英国女王玛丽一世（1516—1558），1554 年与西班牙王腓力二世结婚。

② 指西班牙国王腓力二世，他是德国皇帝查理五世（即卡尔五世）的儿子。

③ 加斯的尔，在西班牙中部。

一样大小，身边还站着一只大狗，另一面墙壁的正中挂着一幅腓力二世遭到尼德兰各省朝贡时的画像。在两堵窗户的中间有一个乌木橱，上面全是些象牙碟子，碟子上刻着霍尔班[1]的“死的跳舞”中的主人公，据说还是这位大师亲手雕刻的。

然而小矮人并未太在意这一切庄严堂皇的景象上。他可不愿意用他的蔷薇花与华盖上的全部珍珠作交换，也不肯牺牲一片白花瓣交换那个东西。他所渴望的，只是在公主到帐篷去之前见她一面，要求看完他跳舞，跟他一块儿走。这宫里的空气是很紧张不安的，而林子里的风自由快活地吹着，日光用不停飘动的金手拨开挡在面前的树叶。林子里也有花，可能比这花园里的花有点逊色，可是它们的香气更加迷人；早春季节风信子在清凉的幽谷中和草覆的小丘上出现了一片紫浪；在多节的橡树根的周围丛生着一小簇一小簇的黄色樱草。而且还有颜色鲜明的白屈菜，蓝色的威灵仙，紫红或金色的鸢尾。榛树上有灰色的柔荑花，顶针花上面悬垂着很多的蜜蜂常住的小房，累得身子都弯了腰。栗树拥有耀眼的尖塔，山楂白的像月亮一样。是的，只要他能够找到她，她一定会跟着他！她会跟他一块儿到那美好的树林里去，他要一天不停地为她跳舞，让她高兴。他这样一想，眼睛上都有了笑意，他迈进隔壁的屋子。

这里称得上所有的屋子里面最亮、最美丽的。墙壁上蒙着漂亮的意大利花缎，缎上有鸟的图案，还点缀了很漂亮的银花；银子做成的家具的，上面装饰着鲜花的花彩和转动的小爱神，两个大壁炉前面都放了绣着鹦鹉和孔雀的壁画，地板是海绿色的条纹玛瑙，一眼望去，

---

① 霍尔班（1497—1543），德国画家。

就好象没有尽头。并且房里还多了一个人。房间的另一头，门阴下，有一个小小的人形和他对视。他的心颤抖起来，他的嘴唇里喊出一声快乐的叫唤，他便离开这间屋子走了出去。他这样做的时候，那个人形同样跟他做着相同的动作，他现在看清楚那个东西了。

公主！绝不是，这是一个怪物，他再也没见过这么讨厌的东西了。它没有常人那样端正的身材，它驼背，拐脚，一个大脑袋还摇摇晃晃，黑发如同鬃毛。小矮人皱眉头，怪物也跟着做。他笑，它也跟着他笑，他把两手放到腰间，它也把两手放在腰间。他开玩笑地向它鞠一个躬，它也同时还一个同样的礼。他向它走去，它也走过来迎他。它每一步全是模仿他，他站住时它也不动了。他觉得好玩般地叫起来，跑上前去，伸出手去，怪物的手与他的手挨着，它的手冷得如同冰。他害怕起来，把手伸过去，怪物的手同样伸过来了。他想再向前伸去，却出现光滑、坚硬的东西把他挡住了。怪物的脸同他自己的脸几乎都挨上了，那脸上好像充满了恐怖似的。他撩开垂在眼睛上的物体，它也效仿他。他动手打它，它也照做，并且是一下还一下的。他不耐烦了，它也对他做怪相。他退回来，它跟着远去。

这到底是什么东西呢？他想了一会儿，并且掉转头扫视着屋子里其他的地方。真奇怪，每样东西在这面看不见的清水墙上都有一个跟它相同的副本。是的，这儿一幅图像，墙上也有相同的一幅图像，那儿一张榻，那里也有同样的一张榻。那个躺在门口壁龛中的睡着的牧神也有一个在睡觉的孪生兄弟，就连立在日光里的银美神[①]也朝着一个跟她一样可爱的美神伸出手去。

---

① 即维纳斯，司美与恋爱的女神。

难道这又是“回声”吗？有一次他叫喊她（指回声），她每个字都原样地回应。难道她可以像模仿声音那样模仿眼睛吗？难道她能够造出一个如同真实世界毫无差别的假世界？莫非物件的影子还活着的迹象吗？莫非这能够是？——

他心中充满疑问，便从怀中掏出那朵美丽的白蔷薇来，背过去亲吻着它。那个怪物也有同样的花，花瓣跟他的蔷薇一模一样！它也在动作，而且吻法和他如出一辙，它一样地把花按在它的胸上，做出奇怪的动作。

当他知道自己在干什么的时候，他绝望地咆哮着，倒在地上嚎啕大哭。原来那个畸形怪状、驼背的丑八怪就是自己。他怎么变成了这个样子！所有的小孩都在讥讽他，他原以为小公主喜欢他，其实她也不过拿他的丑陋当消遣，拿他的拐脚逗趣。为什么他们要把他带到这个地方呢？那儿他看不见自己生得多丑陋。为什么他父亲不了断他的生命而把他卖出去让人嘲笑呢？热泪顺着他的脸颊倾刻而出，他把白蔷薇撕碎了。那个趴在地上的怪物如法炮制，把残花瓣向空中乱丢。它匍匐着；他朝它看，它那张充满悲伤的脸与他对望着。他害怕了，便爬开了，还用两只手捂住眼睛。他拖着沉重的身体爬进阴影里去，就躺在那儿呻吟。

就在此刻小公主本人带着她的一群游伴走进了他的视线，他们看见丑陋的小矮人在呻吟着，紧握拳头打着地板，样子十分可笑，他们笑得合不上嘴，便蹲下来仔细看着他。

“他的跳舞太棒了，”公主说，“可是他演戏更吸引人。的确他好得如同木偶人一样，不过很明显他还有些拘谨。”她摇着她的大扇子，拍手叫好。

可是小矮人根本没有理她，他渐渐的不哭了，突然他开始不停的咳嗽，把手在身上乱抓。随后他又倒在地上，没有声音。

“非常棒，”公主停了一会儿说，“可是现在我要让你跳舞了。”

“是啊，”小孩儿们随着附和，“你得站起来跳舞，因为你头脑反映很快，而且还十分幽默。”

可是小矮人一声不响。

小公主生气了，唤她叔父，她叔父正同御前大臣一起在阳台上休息，读着刚从墨西哥发（宗教裁判所最近已经在那地方开始办公了）来的紧要公文。她大声对她叔父说：“我这个有趣的小矮人生气了，您得叫他起来，我还要让他表演。”

他们两个人面面相觑，慢慢地走了进来，唐·彼德洛蹲了下来，用他的绣花手套打小矮人的脸颊。他说：“你得起来啊，小怪物。你得继续啊。西班牙和东印度群岛的公主要看你表演啊。”

可是小矮人不作声响。

“应该找个人好好收拾他，”唐·彼德洛生气地说，然后便回到阳台上去了。可是御前大臣不苟言笑，依偎在小矮人的身旁，感受着他的心跳。过了一会儿，他动了动身子，站起来，在公主面前深深地鞠了一躬，说道：

“我美丽的公主，您那个幽默的小矮人再也不会跳舞了。非常抱歉，他的长相太差了，他一定会把国王逗开心的。”

“他为何不再跳舞呢？”公主带笑问道。

“因为他伤心极了，”御前大臣答道。

公主若有所思，她那可爱的蔷薇叶的嘴唇微微的向上翻起。“以后所有来陪我玩的人都必须有心。”她大声说，就去玩耍了。

打渔人和他的灵魂

每天晚上年轻的打渔人都出海打渔，希望能有所收获。

当狂风大作的时候，他就没有收获，也许只能捉到一丁点儿，因为那种风实在让人畏惧，接着就是涌起的巨浪。然而要是风来自海洋的时候，鱼会自己轻易地，游到他的网里去，他便可以把它们拿去卖钱。

每天晚上他都坚持这种工作，有一晚，他拽网时费了很大的劲，他差一点不能把网拖到船上来。他笑了，自言自语道："我一定捉到了全部的游鱼，不然就是捉到什么讨厌的怪物，那个东西对普通人来说也许是一种稀有的东西，再不然就是伟大的女王喜欢玩的一种令人恐惧的东西。"他便使劲地拉粗绳，直拉得他两只胳膊上长长的血管爆起，就跟盘绕在一个铜花瓶上面的蓝釉条纹一样。他坚持不放手，那个扁平软木浮子的圈儿离得很近了，最后网进入了视线。

可是里面空无一物，没有怪物，也没有可怕的东西，有一个很小的人鱼正在休息。

她的头发如金子一般，而每一根细发都像一根金色的羊毛放在玻璃杯中，她的身体白的如象牙。银和珍珠颜色的尾巴，还带有水里的东西；她的耳朵像贝壳，她的嘴唇像珊瑚。冷冷的波浪打着她冰凉的胸膛，眼睛一眨一眨的。

她是个绝世美人，那个年轻的打渔人顿时充满了惊讶、赞叹，他伸出手，靠近她伏下身子，把她捧入胸膛。他触到她的时候，她发出了害怕的叫声，就睁开了眼睛，她的眼睛晶莹剔透，里面充满了惊恐，一面挣扎着，想破网而出。可是他把她抱得紧紧的，不让她离去。

她看到走投无路了，便哭起来，一面说："我求你给我一条生路吧，因为我是一位国王的唯一的女儿，我父亲年龄大了，而且家里没有其他人。"

而年轻的打渔人答道："我不让你离开，除非你答应我不论何时何地，你听到我叫你，就来唱歌给我听，因为鱼喜欢听人鱼的歌声，那样我就能捕到很多鱼。"

"要是我答应了该条件，您会遵守您的约定吗？"人鱼大声说。

"我绝不食言，"年轻的打渔人说。

她答应了他的条件，并且对他发誓。他放开了她，她带着一种莫名的恐惧浑身抖着，离他而去了。

每天晚上年轻的打渔人捕鱼时，他就唤人鱼，她从水中跳出来，为他唱歌。海豚被她的歌声吸引过来。海鸥们盘旋在她的头顶。

她唱了一首很好听的歌。因为歌曲的内容是有关人鱼们的事情：他们赶着自己家畜不停的搬家，肩头扛着小牛；歌声里还有人半鱼的海神①，他们长着绿色的胡子，多毛的胸膛露在外面，每逢国王游来的时候他们便吹起螺旋形的海螺；还有国王的宫殿，十分壮观，碧绿的绿宝石闪闪发光地面晶莹剔透；又唱到海的花园，园中

---

① 即希腊神话中之特赖登，他们下半身似鱼，常吹一种贝壳的喇叭来兴浪或止浪。

有很多精致的珊瑚大扇整天游来游去，鱼群像银鸟般来回飘浮，秋牡丹扒在岩石上，浅红的石竹慢慢的生长着。她又唱到来自北海的大鲸鱼，它们的鳍上还带有尖利的冰柱；又唱到会说书的海中妖女，她们讲得让人如痴如醉，叫来往的客商必须塞住两耳，以防听得太入迷而丢了性命；又唱到有高桅杆的沉船，寒冷的天气几乎冻死了船员，青花鱼在船舱中来去自由；又唱到那些小螺蛳，它们游到过很多地方，它们粘在船的龙骨上走遍世界；又唱到住在崖边的乌贼鱼，它们能吐出墨汁让海水漆黑一片。她又唱到鹦鹉螺，她依靠自己刻出来的小舟，自由地航行；又唱到那些愉悦地弹竖琴的雄人鱼，他们能够唱得大海怪①进入梦乡；又唱到一些小孩子，他们成天在海豚背上玩耍；又唱到那些美人鱼，身边充满了讨厌的东西，向水手们打招呼；又唱到牙齿凸出来的海狮，和长着鬃毛飘动的海马。

在她唱歌的时候，吸引了很多金枪鱼到她的四周，年轻的打渔人早已做好准备，网外面的鱼被他轻易地捕获。他收获足够时，美人鱼就对他微微一笑，游走了。

然而她总是退避三舍，让他无法接近自己。他常常唤她，求她，可是她一一拒绝；要是他想去捉住她，她就立刻跳入水中，向箭一样的游走，并且那一整天都不见他。她的歌声在他听来非常好听。她的声音是那么吸引人，有时候他都忘记自己要做些什么，他也不再去捕鱼了。金枪鱼大批地游过他面前，朱红色的鳍和凸起的金眼非常明显，可是他完全不在乎。他的渔叉快生锈了，他那柳条编的

① 相传斯堪的纳维亚海滨所见的怪物。

篮子里也什么都没有。他张着嘴，发出奇怪的眼神，呆呆地坐在他的船上倾听，一直听到夕阳西下，浪游的明月把他浸在月光之中。

一天晚上他唤她，并且对她说："小人鱼，小人鱼，我喜欢你。我们结婚吧，因为我爱你。"

可是人鱼没有答应他。"你有一个人的灵魂，"她答道。"要是你和我一样是人鱼，我才能够爱你。"

年轻的打渔人便自言自语道："我的灵魂对我有什么用处呢？对我来说是那么陌生。我和它又不熟。我一定要离开我的灵魂，那么我就会拥有美好的生活了。"于是他高兴地叫喊，立在漆着彩色的船上，转过身去面对人鱼。"我要丢掉我的灵魂，"他大声说，"我们就会成为夫妻，我们俩人同住在海底下，带我到你曾经住过的海面，你渴望的事我都要做，我们做永远的夫妻。"

小人鱼愉快地笑出声来，而且还有点儿害羞。

"可是有什么办法能把我的灵魂送走呢？"年轻的打渔人大声说。"告诉我怎样才能做到，是啊，我一定会照办的。"

"啊呀！我也没办法，"小人鱼说，"我们人鱼族是没有灵魂的。"她若有所思地，就沉下去了。

第二天清晨，天微微发亮，年轻的打渔人就来到神父家，叩了三下门。

门徒从门洞中往外面看，看见是他，便让他进了屋子。

年轻的打渔人进去了，地板上铺着晶莹的灯心草，他跪在上面，向着那位一脸严肃的神父大声喊着说：神父啊，我爱上一个人鱼了，却因为我的灵魂而不能永远地和她在一起。请告诉我，要怎样才能够离开我的灵魂，因为我实在想摆脱它。我的灵魂对我一无所用，我对它了解甚少。”

神父带着惊讶的表情，回答道：“唉，唉，你疯了，你是不是病了，灵魂是人的最高贵的东西，它是上帝赐给我们的，我们应当把它好好的珍惜。人的灵魂是无与伦比的稀世珍宝，任何地上的东西都不能跟它相提并论。把全世界的黄金集在一块儿，也没有它高贵，它比国王们的金银财宝贵重得多。我的孩子，不要再异想天开了，因为这是弥天大罪啊。至于人鱼，他们是无可救药的，任何人跟他们交往，也会是无可救药的。上帝是不会管他们的生死的。”

青年渔人听了神父这番令人失望的话，几乎要哭了出来，他站起来，对神父说：“神父啊，牧神住在树林里，他们很幸福，雄人鱼坐在岩石上弹红金的竖琴，他们也怡然自得。我求您，让我过上这样的生活吧，因为他们的生活是那么的令人神往。至于我的灵魂，要是我的灵魂注定阻碍我向往的生活，那么它还能给我什么好处呢？”

“灵魂的爱是最高贵的，”神父严厉的说道，“上帝是不允许邪恶的东西展现在人们的眼前。林中的牧神是邪恶的，海里的歌者也是该诅咒的！我知道他们在说些什么，她们想诱惑我像凡人一样。她们敲我的窗，大声笑。我从中知道她们做得那样毒害的事情。她们想尽一切办法来蒙骗我，我要祷告的时候，她们却跑来打扰。她们是无可救药的，我告诉你，她们是无法挽救的了。对于她们，就只能永远的呆在海底，更不会让她们到天堂或地狱里面去赞美上帝的名字。”

“神父啊，”年轻的打渔人叫喊道，“您到底在说什么啊！有一天我捕鱼，一位国王的女儿进入了我的网中。她是那样的倾国倾城。为了她的肉体我宁愿舍弃我的灵魂，为了她的爱我愿意承担一切后果。我求您的事，请您讲给我听吧，答应我的请求吧。”

“走开！”神父叫道“你的情妇是无可救药的了，你再这样坚持下去也会到无可救药的地步。”神父不祝福他，却把他赶出门外。

年轻的打渔人失望而归，向市场走去，他拖着沉重的脚步，低着头，好像有什么忧愁似的。

商人们看见他迎面来来，都变得低声细语，其中一个人走到他面前，唤着他的名字，问他：“你要卖点什么？”

“我想卖掉我的灵魂，”他答道，“我求您拿走我的灵魂吧，因为我不喜欢它。我想丢掉它，我看不见它，我摸不着它。我与他从不相识。”

可是商人们对此感到可笑，对他说：“人的灵魂能为我们带来什么好处？它简直就是个垃圾。我们买下你的身体让你臣服于我们，让你穿上海紫色的衣服，戴上戒指，把你送给伟大的女王做弄臣。不要再说灵魂的事情，因为它对我们没有任何用途，而且一文不值。”

年轻的打渔人便自言自语：

“这真是奇怪！灵魂的价值在神父和商人们之间差别怎么这么大？”

他出了市场向海边走去，他坐在那里还是想不通。

太阳当头时他想到他一个同伴（那是一个靠伞形草为生的）曾对他说过，有一个年轻的女巫，在海湾头一个洞窟里居住，她的巫术神通广大。他便立刻去向她求助，他急切要离开他的灵魂，他顺着海边沙滩一路奔跑，弄得路上尘土飞扬。那个年轻的女巫透过法术知道他走来了，她笑着，绑好她的一头红发。她站在洞口等他，红头发显得格外引人注目，她手里拿着一枝正在盛开的野毒芹。

他气喘吁吁地跑上悬崖准备向她问好的时候，她大声问道："你还缺少什么呢？你还缺少什么呢？你是需要在风不顺的时候也能有收获么？我有一支小芦管，如果我让它发声音，鲻鱼就会游入海湾里来的。但是你必须有所负出，就是漂亮的孩子。你还想要什么呢？你还想要什么呢？你希望风暴打翻船，好给你带来一堆金银？我有的风暴相当厉害，因为风比不上我所伺候的主人有力，我能让大船轻而易取地沉到海底去。但是我需要交换，漂亮的孩子，我要负出孩子。你缺少什么呢？你缺少什么呢？我知道有株花生在山谷里，世界上仅此我一人知道它。它有紫色的叶子，花心长着一颗星，它的汁很白。要是你用花去迷惑王后，她就听你摆布。她会离开国王的床，供你差遣。但这需有个代价，就是漂亮的孩子，这有个代价。你到底要什么呢？你到底要什么呢？我能够用研钵把蟾蜍捣成粉未儿，将粉末儿做成汤，让一只尸体的手来搅动它。等你的仇人进入梦中之时，在他身上洒上这个汤，他就会成为一条黑黑的毒蛇，而他妈妈会杀死这条毒蛇。我可用一个轮子让你亲手摸到天上的月亮，我可以用一块水晶让你看见月亮里的东西。你缺少什么呢？你缺少什么呢？告诉我你想要什么，我会满足，你得偿给我一个代价，漂亮的孩子，你得偿给我一个代价。"

"我的要求只是一件小事，"年轻的打渔人说，"然而神父却对我很失望，把我赶出来。这件事很微小，商人们都嘲笑我，拒绝了我。所以我才来求助于你，虽然人们都对你没有什么好的印象，并且不论你要什么代价，我都照做。"

"那么你要提出怎样的要求呢？"女巫走到他跟前，问他。

“我要离开我的灵魂。”年轻的打渔人大声地说。

女巫被吓住了，她全身哆嗦，她不敢看渔人。“漂亮的孩子，漂亮的孩子，”她喃喃地说，“你最好不要这样做。”

他甩了甩他的棕色鬈发，笑着。他回答道，“我的灵魂一文不值啊。我看不见它。我摸不着它。我和它非常陌生。”

“要是我满足了你的要求，那么你拿什么回赠我呢？”女巫用她那漂亮的眼睛望着他，等着他的答案。

“五个金元，”他说，“还有我所有的东西，只要你能让我离开自己的灵魂，我就把我拥有的一切全给你。”

她哈哈大笑，又用她手中那枝毒芹去打他。“我不缺少钱，我可以让秋天的树叶变成黄金，”她答道，“我也不缺珠宝，只要我肯，我可以把石头变成宝石。我所伺候的主人的财富无人能及，他的领土加起来就是整个世界！”

他叫起来：“如果你对金银珠宝都不感兴趣，那么我要怎么感谢你呢？”

女巫用她那纤细的白手轻轻的拍着他。“咱俩都跳舞，漂亮的孩子，”她喃喃地说，一面对他微笑。

“只需这样？”年轻的打渔人吃惊地叫道，他站了起来。

“你说的对，”她答道，她又向他微笑。

他说：“那么等到天黑的时候，我们就找没人能找到的地方一块儿跳舞，之后，你就得告诉我，如何去掉灵魂。”

她摇头。“一定要等到每月十五的时候，”她自言自语道。随后她看了看旁边，又侧耳倾听一会儿。天空中翱翔着一只小鸟，三只灰斑雀在灰色的野草丛中不停奔跑，发出沙沙的声响，好像在说着什么。海浪拍打着光滑的石子，发出哗哗的声音。她让他靠自己近一点，对他窃窃私语道：

“今天天黑之后你到山头来吧。今天是安息日，‘他’也来。”

年轻的打渔人听不懂他在说什么，她咧着嘴笑着。“你说的‘他’是什么人？”

“你别担心，”她答道。“今晚上你的问题也许就能解决。要是有只黑狗来咬你，你就用柳条打它，它就不会咬你了。要是猫头鹰来跟你讲话，你不要回答它。等到月亮升上天空的时候，我就会跟你在一起跳舞。”

“可是你得保证，告诉我，怎样丢弃我的灵魂？”他说道。

她动了动身子，感受着外面的空气。“我对天起誓，”她答道。

“你是女巫里面最值得信任的，”年轻的打渔人大声说，“我今晚上一定按你的要求去做。说实话，我倒愿意你向我要钱呢。既然你要负出这些，我满足你，因为这没什么大不了。”他向她脱帽致敬，十分满足地跑回城里去了。

女巫看着他离开，等到他消失在视线里的时候她才回到洞里去，她从一个小匣子里面拿出一面镜子来放在架上，在架子面前一块儿燃的正旺的木炭上烧起马鞭草来，她透过烟圈中去望镜子里。过了一会儿她气愤地握紧拳。“我要拥有他，”她对自己说道，“我跟她一样地好看。”

到了晚上，月亮升上天空时，年轻的打渔人便来到山顶，站在女巫说的地方。圆形的海像一面金盾似的横在他的脚下，海湾中的渔船似乎还在捕鱼。一只大猫头鹰长着一对发光的黄眼睛，在叫他的名字，可是他不理睬。那条黑狗突然跑来，想咬他。他用一枝柳条去打它，狗汪汪地跑回去了。

到了半夜女巫们飞来了。她们刚落下站稳脚跟，马上叫起来："唉呀！这儿有别人！"她们觉得有些奇怪，彼此望着对方。那个年轻的女巫最后也出现了，红头发在空中飘舞。她穿一件金线衣裳，上面点缀着无数的孔雀眼睛，头上戴着一顶绿色天鹅绒的小帽。

女巫们一见到她，便大声叫起来："他在哪儿？他在哪儿？"但她没有回答，她跑到鹅耳枥树那儿，与打渔人拉着手，把他带到女巫们面前，开始跳起舞来。

他们欢快着，年轻的女巫快要跳到半空中了，他看到了她那对深红色的鞋跟。突然一阵马蹄声迎着跳舞的人们冲过来，听声音就知道这是一匹疾驰的马，可是没见到马，他心里很慌张。

"更要快，"年轻女巫叫道，她紧紧抓住他，他感受到女巫的体温。"更要快，更要快！"她叫道，他觉得自己似乎双脚离地悬空，他觉得头晕，他忽然感到非常害怕，感觉有什么可怕的东西在注视着他似的，后来他发现在一块岩石的阴影下面躲着一个人，可是之前那里什么也没有。

那个男人，全身黑色装扮，西班牙样式的。他的脸色不怎么好看，可是他的嘴唇看上去像是一朵骄傲的红花。他好像精皮力尽，身子向后靠着，自在地摆动着他的短剑的剑柄。周围放着一顶漂亮高贵的帽子，还有一副骑马的手套，看上去很少见，并且在上面缝了珍珠，设计十分巧妙。一件黑貂皮里子的短上衣使他的手显得纤细洁白，上面全是戒指，他的眼袋很厚，都垂了下来。

年轻的打渔人看得不知该说些什么。直到后来他们面面相觑。不管他跳舞到哪里，他总觉得那个人跟在他后面。他听见年轻的女巫的笑声，便搂紧了她的腰，带着她使劲地跳舞，如发疯一般。

忽然在树林间，传来狗的声音，跳舞的人全停下脚步，她们一对一对地走过去，跪下，吻那个人的手。她们这样做的时候，他明显的露出得意的表情，就像一只小鸟的翅膀挨着水，高起一片片涟漪。可是他似乎有些看不起那些亲吻他手的人。他总想多看几眼那个年轻的打渔人。

“来！我们也去亲吻他的手，”年轻的女巫悄声说，和他一同走去。他忽然觉得自己十分配合，愿意去做她求他做的事，他便跟着她。可是等他看清那个人的时候，他自己也不明白什么原因，在胸上画了一个十字，唤了圣名。

他刚刚这样做了，女巫们马上大声嚷嚷，飞走了，他的表情十分难看，那个人进入了一个小树林去，吹起口哨。自己的坐骑出现了。他跳上了马鞍，还回转头来不停打量着年轻的打渔人。

那个红头发的女巫也想离开，可是打渔人拼命地抓着她。

“放开我，”她叫道，“不要再抓着我了。你为什么说圣名，还画十字？”

“不，”他答道，“除非你答应给我说那个秘密。”

“什么秘密呢？”女巫说，她使劲的挣脱他，同时还咬着她那在冒泡沫儿的嘴唇。

“你自己明白，”他回答。

她眼泪旺旺，对打渔人说：“除此之外你要什么都可以。”

他笑着，还是不放开她。

她觉得自己跑不掉了，便小声地对他说：“说实话，我跟海的女儿同样地漂亮，我跟那些住在碧海里的姑娘一样地美丽。”她说着便向他眉目传情，把她的脸贴在他的脸上。

可是他不情愿地把她推开，对她说：“要是你不答应我们说好的事情，我会把你当成一个假的女巫杀死。”

她突然感到恐惧，像一朵洋苏木的花，全身哆嗦。“好，就那样吧，”她喃喃地说。“这是你的灵魂，又不是我的。你想干什么就干什么吧。”她从她的腰带里拿出一把小刀来，带着绿蛇皮的刀柄，给了他。

“我能用它做什么呢？”他惊奇地问她。

她沉思了一会儿，脸上显得十分害怕。随后她露出了她的额头，带着古怪的微笑对他说：“人们所指阳光下看到的那个东西，并不是身体的影子，而是灵魂的身体。你让月亮照着你，把你的影子切成四份，那就是你的灵魂的身体，再让你灵魂出壳，它就会按照你所说的去做。”

年轻的打渔人有些不敢相信。“这是真的吗？”他低声说。

“这是真的，我很后悔让你知道这些，”她大声说，然后眼泪夺眶而出。

他推开她，把她留在原地，他把小刀带在身上，走到了山边，便爬下去。

他的灵魂发出声音，对他说：“喂！我这么多年都和你形影不离，还做了你的佣人。让我留下来吧，对你而言，我到底哪里惹你生气要让你这么做呢？”

年轻的打渔人笑起来，他答道：“你并没有做什么不对的事，只是现在你于我已经没有价值了。世界这么大，有天堂，也有地狱，还有在这两者之间的那所黑漆漆的房子。你想去什么地方随便你，但不要来烦扰我，因为我的爱人这时需要我。”

他的灵魂向他苦苦哀求，而他却什么也听不进去，他只顾跳过一个又一个岩石，脚步灵活得像一头野山羊，最后他到了平地，到了黄沙的海滩。

他站在沙滩上，背朝着月亮。他那健壮的身材，让人感觉好像一座希腊人的雕塑，从海的泡沫儿里有许多雪白的胳膊伸出来招呼他，从海的波浪中翻滚出的浪花向他行礼。在他的前面躺着他的影子，那就是他不想要的东西，在他的后面明月当空，月光皎洁。

他的灵魂对他说：“如果你一定要抛弃我，那在我离开之前，我要你的一颗心。这个世界是无情的，让你的心陪我上路吧。”

他拒绝了灵魂的要求。“要是你带走了我的心，我怎么去爱我的爱人呢？”他大声说。

“你就做点好事吧，”他的灵魂说，“把你的心给我，这个世界太没有温暖了，我害怕。”

“我的心属于我的爱人，”他答道，“你不要拖拖拉拉了，走你的！”

“难道我就应该被丢弃吗？”他的灵魂问道。

“滚吧，因为你对我毫无价值了，”年轻的打渔人大发雷庭，语气暴躁，他拿出那把带绿蛇皮刀柄的小刀，把他的影子切的支离破碎，影子立起来在他面前站着，望着他，它的相貌和他如出一辙。

他向后退，把小刀放回原处，心中有种可怕的感觉。“赶紧离开，”他喃喃地说，“我不想再面对你。”

“不，我们一定会重逢的，”灵魂说。它的声音几乎没什么语气，又好似笛声一样。它说话的时候，好像并没有张嘴。

“我们不会重逢了！”年轻的打渔人叫嚷着。“除非你想和我一起去海底？”

“我每年都会重返这里，来唤你，”灵魂说。“也许你觉得我还有用。”

“你还有什么用处？”年轻的打渔人大声说，“随你便吧，”他说完就向海底游去，那些半人半鱼的海神吹奏起来，小人鱼到水面上来欢迎他，和他紧紧抱在一起，与他亲吻。

灵魂孤灵灵一个人，望着他们。等他们离开视线以后，它就悲痛的哭泣着穿过沼泽走了。

整整一年了，灵魂又来到了这里，唤着年轻的打渔人，他从海底浮上来，对它说：“你要做什么？”

灵魂回答道：“走近一点，我会说得更清楚，因为我看到了你不曾见过的东西。”

他便走近一点，靠在他身旁，用手托着头静静地听着。

灵魂对他说：“我离开你之后，便朝着太阳升起的地方走去。一切有智慧的事物全都来自那里。我走了六天，在第七天的早晨，我到了一个地方，已经是鞑靼国的境内。我坐在一棵柽柳树的荫下休息。地是干的，而且阳光炙热。人们川流不息，就像在滑滑的铜盘子上爬来爬去的苍蝇。”

“太阳当空的时候，一股红沙尘的云烟滚滚而来。鞑靼人看见了，便马上做好准备，朝着那儿跑去。女人们尖声叫着跳进大车里，躲在布的后面。”

“日落西山后，鞑靼人回来了，可是却少了几个人影，就是回来的人中也有好多受伤的。他们把马套在大车上，休息片刻又匆忙离开了。从洞里出来三只胡狼，紧紧跟着他们。胡狼用鼻孔嗅了几次，便掉头离去。”

“午夜之时，我看见平原上燃起了营火，便去看个究竟。一群商人围着火坐在毡上。他们的骆驼拴在他们后面吃着干草，服侍他们的黑人奴隶们正在为他们安置住的地方，还用霸王树①做了篱笆。”

“他们看见我后，中间的头领站起来，抽出他的刀，问我为何而来。”

“我回答说：我是某国的诸君，鞑靼人让我臣服于他们，我逃了出来。头领没说什么，他把那挂在长竹竿上的五个头颅指给我看。”

“然后他又问我是否知道上帝的先知，我说是穆罕默德。”

“我骗了他，但他还是深深地鞠躬，拉着我的手，叫我加入他们。一个黑奴用木盆盛了一点儿马奶，还给了我一小块儿他们的食物。”

“太阳刚刚升起，我们便起程了。我骑在一匹红毛骆驼上，缓缓的跟着他们前行，一个‘跑前站的’擎着一根长枪，像是开路的先锋。战士们走在两边，骡子驮着商货跟在后面。这批人马一共有四十匹骆驼，骡子的数目却有八十多匹。”

“我们从鞑靼人的国土进入了厌恶月亮的人的土地。我们看见鹰狮②在洞穴旁边看守，有鳞甲的龙在其洞穴里休息。我们过山的

---

① 仙人掌的一种。

② 鹰头、鹰翼、狮身的怪兽。

时候，谁都不敢出声，怕雪会落在我们的身上，全部的人都用一条纱帕蒙住眼睛。我们穿过山谷的时候，遭到了矮人们的袭击，夜晚我们还听见野人的声音。我们到猴塔之时，我们给猴子一点食物，才得以平安离开。我们到蛇塔时，就用铜碗盛了热牛奶给蛇喝，我们才又逃过了一劫。我们在路上数次经过奥古萨斯河[①]岸边。我们坐在木筏上渡过河去，小心翼翼的穿过了湍急的河水。河马气冲冲地朝着我们示威，它们置我们于死地。骆驼看见它们，就发抖。”

“每个城的王者都勒索我们，却只让我们呆在城外。他们从城墙上为我投掷食物，包括面包、小的蜂蜜玉麦糕和大枣馅的细面饼。而我们必须给他们一些珠宝。”

“乡村里的人看见我们来了，就在打水的地方投毒，自己到山顶隐藏了。我们同马加代人交过手，那种人生下来是老人，却越活年龄越小，长到小孩的时候就离开人世了；我们又同拉克土伊人交过手，那种人说自己是野兽的后代，身上颜色怪异；又同奥南特人交过手，那种人死了以后，都是把树顶做坟墓，自己却被埋在黑洞里，为的是逃避太阳（那是他们的神）的惩罚；又同克林尼安人交过手，那种人把鲤鱼当神圣，给它戴上了绿玻璃耳环，还供奉牛油和鸡肉；接着同长像十分难看的阿加中拜人交手；又同长着马脚的西班人交过手，没人能跑得过他们。我们商队里有三分之一的人在斗争中牺牲了，另外三分之一的人饿死了。余下的人都讨厌我，说我给他们带来了灾难。我从一块石头底下捉到一条有角的毒蛇，让它咬我。他们见我还活着，都害怕了。”

---

① 奥古萨斯河，即今之阿姆河，在中亚细亚。

“在第四个月，我们经过伊勒尔城。月亮当空之时，我们走到了城外的小树林，热得让你透不过气，因为月亮进入了天蝎宫。我们从树上摘下熟透的石榴来解渴。然后我们躺在毡上进入梦乡。”

“天一亮，我们就去敲城门。城门是用红铜铸的，上面刻着龙的图滕。守城人从城垛上向下看，问我们此行的目的。商队的通译人说，我们是从叙利亚来做贸易的。我们中有几个被扣押了，他才告诉我们，让我们等到中午，那时才让我们进去。”

“正午，他们依承诺给我们放行，我们走进去的时候，人们对我们看个不停，一个市集通告人吹着海螺通知所有的人。我们站在市场上，黑奴们解开花布包，打开雕花的枫木箱。等他们休息的时候，商人们就卖那些珍奇的货物，有埃及的特有的麻布，有埃塞俄比亚国内来的花布，有推罗①的紫色海绵，有西顿②的蓝色帷幔，有罕见的琥珀杯子，有质地优良的玻璃器和珍贵的陶器。一群女人站在一处房屋的屋顶上，仔细的打量我们，其中有一位戴着一副昂贵的皮面具。”

“第一天和我们做生意的是僧侣们，之后是贵族，第三天是匠人同奴隶。不管商人在这个城的里停留多久，这是他们对待商人的规矩。”

“我们在这儿呆了三十天，月缺的时候，我觉得没有意思，就到处游逛，我不知不觉看见了这个城神的花园。披着黄袍的僧侣们一言不发地穿过绿树丛中，地面光滑有致，这是一座玫瑰红的神

---

① 推罗，海港城市，古腓尼西亚首都，今属叙利亚。

② 古西顿城即今元赛伊达，黎巴嫩西南部港市。

庙。门上了金漆的，金铸的公牛和孔雀格外引人注目。房顶是用海绿色瓷瓦盖的，屋檐很显眼，挂着小铃铛。每当白鸽来临的时候，翅膀就会打着铃，铃铛便发出声音。”

“庙前有一个用条纹玛瑙修的净水池。我在那里休息，伸手去抓那些宽大的树叶。一个僧侣朝着我走来，注视着我。他脚上的草鞋，用不同的材料各做一只。他头上戴一顶黑毡的僧帽，帽沿上是银的新月图形。他的袍子显得高雅，他卷曲的头发上抹着锑粉。”

“几分钟后他问我，为何而来。”

“我说我要拜见神。”

“僧侣听后显得很诧异，他的眼镜很小且有点儿看不清，他说：‘神在打猎。’”

“我答道：‘告诉我，他在何处？我要陪他一块儿跑马。’”

“他伸出手整理了一下衣服，指甲又尖又长。他喃喃地说：‘神在休息。’”

“我答道：‘告诉我，是哪一间屋子？我要去守护他。’”

“他大声说：‘神在开宴会。’”

“我回答：‘不论酒是苦是甜，我都会与他干杯。’”

“他惊奇地低下头，拽着我的胳膊，领我进入了庙里。”

“我首先看见了一尊偶像，坐在用东方大明珠镶边的碧玉宝座上。这尊偶像用乌木雕成，比例和真人一样。前额上有一块红宝石粘稠的油正在一点点落下来，一直落到腿上。它的双脚如血色一般，腰间束着一根铜带，带上嵌了七颗绿珠玉。”

“我问那个僧侣：‘这就是神吗？’他回答我：‘是的。’”

“我大声喊道：‘引我去见神，否则我杀了你。’我抓住他的手，他的手几乎只有骨头。”

“僧侣央告我说：‘请主人让你的仆人恢复原状，我马上引你见神去。’”

“我对着他那只手吹了一口气，他的手立刻好了起来，他吓得哆嗦，领我到了第二间屋子里，出现在我面前的是一尊偶像，座落在一朵翡翠的莲花上面，旁边镶了好些较大的绿宝石。这尊偶像用象牙雕成，身材是真人的两倍，前额上有一块黄玉，胸前涂着一些草药。它手中有一根弯弯的翡翠节和一块圆圆的水晶。脚上靴子是黄铜的，颈部套了个透明的石膏圈子。”

“我问那个僧侣：‘这就是神吗？’他回答我说：‘正是。’”

“我大声喊道：‘引我去见神，否则我杀了你。’我一摸他的眼睛，他两只眼睛就瞎了。”

“僧侣哀求我说：‘请主人让你的仆人恢复原状，我马上引你见神去。’”

“我就在他的眼睛上吹了一口气，他那两只眼睛又能看见了，他又吓得哆嗦，把我引到第三间屋子，啊！这间屋子和前两间屋子不一样，就只有一个石头祭坛，上面还有一面圆圆的金属镜子。”

“我对僧侣说：‘神在哪儿？’”

“他回答我道：‘世上并不存在神，您看，就只有一面镜子，因为这是‘智慧镜’。它能反映人世间的所有东西，但不反映向镜子里的东西。它之所以会这样，是为了要向镜子里面看的人提醒。这世上有许多特别的镜子，不过那都是‘意见镜’。唯有它才是‘智慧镜’。它知道拥有它的人的任何事情。没有这面镜子的人就没有‘智慧’。因此它便是神，我们都供奉它。’我听了这番话，朝镜子里一看，结果与他所说的一样。”

“我做了一件让人想不到的事，不过也算不了什么，因为我把‘智慧镜’藏了起来，就藏在离这儿没多远的一个山谷里面。我只求你恩准我重新回到我主人身上，做你的仆人，那么你是世上最有智慧的人，你就无人能及了。”

可是年轻的打渔人笑了。“我只要小鱼人，”他大声说，“而且小鱼人爱我。”

“不，‘智慧’是世界上独一无二的。”灵魂说。

“我只要爱。”年轻的打渔人答道，他便离开了灵魂，灵魂伤心地哭着，穿过沼泽走了。

第二年过去了，灵魂又来找自己的主人，把年轻的打渔人从海底唤了上来，他对它说：“你又有什么目的？”

灵魂回答道：“走近一点，我会说得更清楚，因为我看见很多奇怪的东西。”

他便走近一点，靠在它身旁，用手托着头静静地听着。

灵魂对他说：“你走后，我就转身向南方旅行。那里有很多稀有物品。我顺着去爱席脱城的大路走了将近一个星期，我沿着进香人肮脏的红色大道走着，最后一天的早晨我一抬眼睛，看啊！城竟然在我的脚下，因为它在山谷之中。

“这座城有九道门，还有九匹青铜马守卫着，每当贝都因人[①]来到城门前，九匹马便齐声嘶鸣。城墙包镶着铜皮，墙上的望塔镶着黄铜。每一个瞭望塔中守护着一个弓箭手。他用一根箭敲铜锣提示

① 贝都因人，阿拉伯人的一支，散居北非、阿拉伯半岛和叙利亚。

日出，吹响号角表示天黑。”

“我想进城去，守城人拦住问我来自哪里。我告诉他们我是一个伊勒尔城的僧侣，去往麦加[1]城去，那儿有一幅绿色画卷，上面有用银丝绣成的《古兰经》，是天使们的杰作。他们对我的话，感到很讶异，就把我请进城去。”

“城里犹如一个集市。你真应该去那里看看。华丽的纸灯笼满街都是，飘舞在狭窄的街道上。乱风的时候，它们一起一落，就好像是一些飘在空中的肥皂泡。商人们卖着各式各样的东西。他们的胡子又密又浓，他们的头帕精巧别致，长串的琥珀和刻花桃核在他们的两手之间来回滑动。出售的商品有枫脂香和甘松香，还有来自印度的香水，浓浓的红玫瑰油，没药和小钉形的丁香。要是有人停下来想买东西，他们便把少量的乳香点燃，香气四溢。我看见一个叙利亚人手里拿着一根细棒，好比一根芦苇。棒头上飘着几缕青烟，棒燃烧的时候弥漫着淡淡的桃花香。有的人卖十分漂亮的银手镯和好玩的小珍珠踝环，还有镶了金底座的老虎爪和金黄猫（就是豹子）的脚爪，也很有意思，还有穿了眼的绿宝石耳环和做工精巧的翡翠戒指。还可以听到远处的琴声，吸鸦片烟的人懒洋洋地望着行人。”

“你真该去那里看看。卖酒的人背着黑色大皮篓，穿梭在人群中。他们大多都卖‘西拉兹酒’[2]，那种酒非常好喝。他们用金属杯

---

① 麦加，穆罕默德的诞生处，回教的发源地。

② 西拉兹，本来指龙河沿岸培养的一种红葡萄苗. 这里所说西拉兹酒不知是否即指红葡萄酒。

子盛着酒卖给顾客，再加一些玫瑰花瓣在酒中。市场里卖水果的都是站着的，他们卖各式各样的水果，熟透的无花果令人流口水，甜瓜香如麝，黄如玉。香橼，番石榴，诱人的白葡萄，圆圆的金红橘子，椭圆的金绿柠檬。我曾经目睹一匹大象路过，它身上颜色发黄，它耳朵上戴了个奇怪的东西。它在一个货摊前面停下来，吃起橘子来，那个卖水果的人很客气很大方。你很难想到他们是多么令人难以想象的一个民族。他们高兴的时候，就到鸟市那儿去买一只笼鸟，买后把鸟放走，这样会更加高兴；他们失意的时候，就用荆棘鞭惩罚自己，让忧愁更加惆怅。”

“有一天天黑我碰到几个黑人抬着一顶很沉的轿子走过集市。轿子是用竹子做的，还镀了金。轿杆红通通的，上面装饰着黄铜孔雀。轿窗上有一层薄纱，窗帘上绣着些小玩意儿，轿子走过的时候有一个长相难看的塞加西亚①女人从里面伸出头来，对着我微笑。我紧随着他们，黑人们快速前行，皱起眉头来。可是我继续跟着他们。好奇心驱使我想知道他们要做什么。”

“最后他们到了一所方方正正的白屋前面。这所房屋没有窗户，仅有一道小门。他们放下轿子，叩了几下门。一个穿绿皮长袍的亚美尼亚②人透过门洞看了看，见是他们，便让他们进去，还在地上铺了一张毯子。那个女人走出轿子，进去的时候，还对我眨了眨眼。我从没见过那样的表情。”

“天黑后，我回到那儿，寻找那所房屋，但那儿空无一物。见

---

① 塞加西亚，在高加索山脉的北方。

② 亚美尼亚，在亚洲西部。

此情形，我便知道他们发生了什么事情。”

“我很遗憾你亲眼目睹那些事情。在‘新月节’，年轻的皇帝出巡来到庙里做祷告。他的头发和胡须用玫瑰花瓣染红了，他的脸颊也化了妆。他的手掌和脚心都涂上了黄色。”

“天亮后他穿着银袍从宫里出来，天黑前他穿着金袍回去。百姓们都掩面跪在地上，可是我没有这样做。我站在一个卖枣子的货摊旁边守候着。皇帝发现了我，显得有些生气，站住了。我一声不响地站在那儿，没有向他跪拜。百姓们都觉得我惹恼了皇帝，都劝我逃出城去。我没有听从他们，却走到那些贩售外教神像的人那儿去，和他们交谈，由于他们的行业得不到尊重。我把我的行为告诉了他们，他们每个人都敬佩我，我依然走开了。”

“当天夜晚我正躺在一家小店里休息，皇帝的卫士来到我身边，把我抓到皇宫。等我进去以后，他们把所有门都关上了，不让我出来。里面是一个大院子，四面墙壁环绕。洁白的墙上，嵌着蓝色和绿色的花砖。柱子是绿色大理石的，地面光滑。我从未见过如此的东西。

“我漫步的时候，有两个女人戴着面纱从楼阁中望下来，还在咒骂我。卫士们不停巡逻，他们的矛头在磨擦得光亮的地板上发出嗝嗝的声音。通过一道精致的象牙门，我便来到一个特别美丽的花园了。那里有多种花草：郁金香，牛眼菊，还有好看的芦荟。一股喷泉喷了出来，仿佛悬挂一根细长的水晶棒。柏树好像燃烧结束的火把。在一棵柏树上传来夜莺的叫声。”

“花园的那一边有一座小小的亭子。当走近时，来了两个太监，胖胖的身子。走起路来都摇摇摆摆地，他们用那黄色眼皮的眼睛望着我，感觉我很奇怪。其中的一位把卫士长拉在一边，在他耳边窃窃私语。另一位太监假惺惺地从一个淡紫色珐琅的椭圆形木匣中拿出些香锭品尝着。”

“过了一会儿卫士长让卫士们去休息。卫士们便回到宫中，两个太监紧随其后，他们一边走，一边品尝着从树上摘下的水果。那个有点老的太监回过头来，凶巴巴的对我微笑。”

“然后卫士长招呼我，让我进入亭子。我毫不犹豫地走上前，一下闯了进去。”

“年轻的皇帝正在床上休息，手腕上栖着一只白隼。在他背后守卫着一个头戴铜帽的努比亚①人，上身赤裸，两只穿了洞的耳朵上吊着一副耳环。榻旁边有一张桌子，一把弯弯的大钢刀令人生畏。”

“皇帝看到我的出现，便皱起眉头对我说：‘你是什么人？你不知道这是皇宫吗？’但我没有回答他的话。”

“他用手指头向卫士示意，那个努比亚人拿起刀向我跑来，想把我劈成两半，刀锋飒飒地从我身上穿过，但我没有一丝受伤。那个人扑倒在地上，当他再看到我，吓得全身颤抖，躲到榻后面去了。”

“皇帝马上大发雷庭，从武器架上拿起一根长矛，向我攻击。我抢过长予，将它折成两段。他又用箭射我，可是我轻而易举的就躲了过去。他随后从一根白皮带里掏出一把匕首，刺进努比亚人的咽喉，他担心这件事会被他人知道。那个人几乎没有还手，把身子

① 努比亚，在非洲近红海地方，努比亚人也是黑人的一种。

猛扭几下，倒下去了，嘴里吐出血来。”

“解决了士卫后，皇帝又转向我，用一方镶花边的紫绸小巾擦了擦额头上的汗珠，冷静下来，然后，对我说：‘你是一个我不能伤害的先知呢，还是一个对我有用的先知的儿子？我求你今晚上别再出现，只要你在这儿，我就不再是皇帝。’”

“我回答他道：‘如果让我和你一样富有，我就离去。让我拥有你的一半金银玉器，我就走开。’”

“他拉着我的手，来到了另一个地方。卫士长见到我也吓了一跳。太监们见我，全身哆嗦，吓得跪倒在地上。”

“宫里有一间屋子，八面墙壁一看就很豪华，天花板上嵌着一层铜皮，悬着一些灯。皇帝伸手按下了机关，那面墙就分开了，我们穿过墙壁，又经过一条长廊，廊上燃了无数支火炬。两旁都是壁龛，每个龛里都飘着酒香，缸里装着数不清的金子。我们到了走廊的尽头，皇帝说了句话，这在平时是听不见的，一道装有暗弹簧的花岗石门立马弹开了，他不敢看，担心会伤了自己的眼睛。”

“现在你大开眼界了吧。大的龟壳里装着无数的金银，大型的月长石内部什么也没有，除了红宝石。珠宝藏在象皮箱中，金粉盛在啤酒瓶内。还有从未见过的玉玩古器。圆圆的绿柱玉有序地码在薄薄的象牙碟子上面，旁边堆着丝绸口袋，有的装满绿松石，有的满是绿玉。象牙角杯中全部都是紫玉英，黄铜角杯中堆着的玉髓和红玉髓都是满的。还有堆积如山的黄山猫石。扁平的椭圆形盾牌上焙着红玉，五颜六色，光彩夺目。我对你说了这么多，还仅仅是那儿的九牛一毛呢。”

“皇帝露出脸，对我说：‘这是我的家底，你可以拿走这所有的一半，然后别再出现。我还要送给你骆驼和赶骆驼的人，他们会听你的差遣，你要他们到哪儿就到哪儿。今晚就把这件事情搞定，因为我不愿意让太阳（那是我的父亲）看见比我厉害的人成为我的隐患。’”

“可是我答道：‘我对这里所有的东西都不感兴趣。至于我呢，这些东西对我一文不值。除了你手指上戴的那个小指环，别的我毫不稀罕。’”

“皇帝想了一下，他喊着说：‘这只是一个铅指环，它没什么价值。所以还是请你带着你那一半儿财宝离开皇宫吧。’”

“我答道：‘不，我就只要你手指上的东西，因为我知道指环里的秘密和它的作用。’”

“皇帝吓得哆嗦，向我哀求，他说：‘你带着所有的金银珠宝，快离开我这儿吧。我那一半儿也送给你了。’”

“我做了一件奇怪的事，不过也没什么大不了的，因为我把‘财富指环’藏起来，藏在一个别人不知道的地方，离这个地方仅有一天路程。我准备把它送给你。谁拥有这个指环，谁就有数不清的财富。所以请你来把它拿去，那么你就是世界上的有富。”

可是年轻的打渔人还是无动于衷。“爱比‘财富’好，”他人声说，“而且小人鱼会永远和我在一起。”

“不，‘财富’比‘爱’好。”灵魂说。

“爱更好，”年轻的打渔人答道，他便离开了，灵魂泪流满面，穿过沼泽地走了。

第三年过去了，灵魂又去找他的主人，把年轻的打渔人从海底唤上来，他说：“你又来找我何事？”

灵魂回答道：“走近一点，你会听得更清楚，因为我看到了很多你不曾见过的东西。”

他便走近一点，靠在他身旁，用手托着头静静地听着。

灵魂对他说：“在我所知道的一个地方，有一家客栈靠着河边。我同水手们谈过几次，他们喝的葡萄酒和我们的不一样，吃大麦面包，还有小咸鱼、醋和其它配料。我们正坐着谈天说地的时候，一个老年人从外面进来，他带着一幅皮毡，手中拿着一张琴，琴上有两个琥珀角。他坐了下来，用‘弦拨’弹着琴弦，一个少女戴着面网冲进客栈，在我们面前翩翩起舞。隐约可以看见她的容貌。双脚也赤裸着，它们在毡子上跳着舞着，身轻如燕。我第一次见到这样好看的舞蹈，并且她在跳舞的那个城市离这儿也不远。”

年轻的打渔人听了这番话，便想起小人鱼因为身体的形状而不能够跳舞。于是他突然有一个念头，他对自己说：“既然不远，我就可以和我的灵魂重逢了。”他笑了，便从浅水里站起来，急匆匆的离开了。

他到了岸上的干地，抖了抖身子，伸出了两只胳膊拥抱他的灵魂。他的灵魂欣喜若狂，也跑过来迎接他，回到了主人的肉身，年轻的打渔人又在他面前沙滩上看到了久违的影子，那就是他灵魂的身体。

他的灵魂对他说：“我们赶紧动身到那儿去吧，因为海神会生气，它们可以指挥很多怪物。”

他们便急忙的离开，他们走了几天几夜，晚上披着月亮，白天顶着太阳。又到了日落之时，他们到了一个城市。

年轻的打渔人对他的灵魂说：“这就是你说的故事发生的地

方吗？”

他的灵魂回答他说：“不是这座，是另外一座。不过我们还是到里面看看吧。”

他们到了城里边，穿过一些街道，在走过珠宝集市的时候，年轻的打渔人发现有人在卖一只很美的银杯。他的灵魂对他说：“我要那个银杯。”

他便将银杯偷走放进他袍子的褶缝里，急匆匆出了城。

他们大约走了一里格路①以后，年轻的打渔人思索了一下，把杯子扔掉了，对他的灵魂说：“你怎么能叫我偷这个杯子呢？这是一件多丢脸的事啊！”

而他的灵魂却说：“小声点，小声点。”

第二天傍晚他们又来到一个地方，年轻的打渔人问他的灵魂：“我能在这里看见她吗？”

他的灵魂回答他说：“不是这里，是别的地方。不过我们还是停下来看看吧。”

他们进入城里面，边走边看，他们走过草鞋集市的时候，年轻的打渔人看见一个小孩儿站在水缸旁边。他的灵魂告诉他：“欺负那个小孩儿。”他便动手打小孩儿，小孩儿大声叫着，他们急匆匆出了城。

他们大约走了一里格路以后，年轻的打渔人有些生气，对他的灵魂说：“你为什么让我打小孩儿呢？这是一件不道德的事啊！”

而他的灵魂却说：“小声点，小声点。”

---

① 一里格约等于三英里。

第三天傍晚他们又来到一个地方，年轻的打渔人问他的灵魂说：“我能在这里看见她吗？”

他的灵魂答道：“大概是在这个地方，那么我们进去吧。”

他们进入城中，边走边看，可是年轻的打渔人始终也没找到那条河，当然也没发现河边的客栈。城里的人对他们感到惊讶，他有些担心，便对他的灵魂说：“我们走吧，这儿没有你说的那个人。”

可是他的灵魂回答说：“不，我们留下来吧，因为夜太黑，途中会有人抢劫。”

他便坐在市场中休息，几分钟后，来了一个戴头巾的商人，身上还有个斗篷，用一根带节芦杆挑着一个牛角灯笼，商人感到好奇，便问：“你怎么还不离开呢，你没发现集市要结束了吗！”

年轻的打渔人回答他说：“我在这座城里找不到住的地方，我也没有朋友能求助。”

“我们不算是朋友吗？”商人说，“我们不是信奉一样的神吗？跟我来吧，我有住的地方。”

年轻的打渔人起身，紧随商人而去。他穿过了一个石榴园来到屋里，商人端着一盆水让他洗手，又送来熟透的甜瓜为他解渴，最后还给他一些食物让他吃饱肚子。

他吃完以后，商人空出一间屋子，让他休息。年轻的打渔人非常感激，并且吻了商人手上戴的指环，随后就上床休息。他用一幅黑羔毛被子盖好身子，很快的睡着了。

在凌晨三点钟，月亮当空的时候，他被其灵魂的叫声吵到睡不着，灵魂告诉他说：“起来，到商人休息的屋子里去，杀死他，抢走所有的钱，因为我们会用得着它。”

年轻的打渔人按灵魂说的，爬入了商人的房间。商人的身边有一把弯刀，还有个盘子，那盘中有九包金子。他伸出手去拿刀，他刚一伸手，商人便惊醒了，马上跳起来，推开了打渔人，对他喊着说："难道你忘恩负义，我好意帮助你，你却要思将仇报吗?"

年轻的打渔人的灵魂又告诉他："揍他。"他把商人打到半死，便拿起九包金子，迅速穿过石榴园逃走了，连夜逃走了！

他们离开城走了一里格路以后，年轻的打渔人便十分后悔，对他的灵魂说："你为什么要唆使我把那个商人杀死，又抢走他的金子呢？你太卑鄙了。"

可是他的灵魂回答他说："小声点，小声点。"

"不，"年轻的打渔人大声说，"我忍不下去了，因为我恨你教我做过的所有事情。连你我都恨，告诉我，为什么要教我做那样的事。"

他的灵魂回答他说："在以前你离我而去的时候，没有给我一颗心，所以我变坏了，并且爱做那些事。"

"我不明白?"年轻的打渔人喃喃地说。

"你知道的，"他的灵魂回答道，"其实你很了解我。难道你忘记了你不想把一颗心给我吗？别骗我了。所以你不要有太多念头，也不要为我操心，你放心吧，你能摆脱世间的痛苦，也会拥有欢乐。"

年轻的打渔人听着这些话，他直打哆嗦，对他的灵魂说："不，你太可恶，你让我离开原本幸福的生活，你用种种的方法来教坏我，让我变得堕落。"

他的灵魂回答他："你是知道的：我的身体缺少一颗心，你就弃我而去！来，我们到另一座城作乐去，我们还有很多钱呢！”

年轻的打渔人生气到发怒。

“不，”他叫道，“一文不值，我绝对不会跟你同行。我上次既然抛弃你，现在我还是要做出一样的决定，因为你没为我带来什么好处。”他便转过身不理他，还用原来的那把小刀，想把他同行的伙伴，也就是他灵魂的身体逼走。

可是他的灵魂坚持不走，一点儿也没离开他，听不进他说的任何话，却对他说：“那个女巫教给你的魔法已经没有作用了。因为我就要和你在一起，你也别想把我赶走。一个人一生中只有一次机会可以抛弃自己的灵魂，可是不管是何人，只要把他的灵魂送走以后又与它复原，就必须永远和它不离不弃，这是他的惩罚，也是他的报酬。”

年轻的打渔人十分生气，捏紧拳头，叫起来：“你说的为什么我从没听过，她为什么不告诉我，真是个骗人的女巫。”

“不，”他的灵魂答道，“但她对于她所敬重的‘他’，却是一心一意的，她要永远做‘他’的仆人。”

年轻的打渔人很清楚他只有选择和灵魂在一起，虽然他不喜欢自己的灵魂，跟他在一块儿却是铁定的事实，他便倒在地上伤心地哭起来。

太阳升起的时候，年轻的打渔人又站起来，对他的灵魂说：“我不会再伸手动作，免得我会照你的指示做事，我不会再开口，以免我说和你同样的话；我要回到能让我幸福的地方。我还要回到海里去，回到能听见优美歌声的小海湾去，然后把我们的所做所为通通都讲给她听。”

他的灵魂又诱骗他，说："你的幸福在那儿，你得回到她那儿去？世界上比她更漂亮的比比皆是。萨马利斯的舞女能表演绝世好看的舞蹈。她们的脚用凤仙花染成了红色，还带着叮当作响的铜铃。她们又舞又笑，让人心情舒畅。跟我来，我让你开开眼界。你为什么要担心罪恶的事呢？难道好吃的东西不是做来让人品尝的吗？难道好喝的饮料里面就有毒药吗？你别再左顾右盼了，跟我一齐到另一个地方去。是这附近的一座小城。城里有一个神奇的花园。在这个美丽的花园里养着一些白孔雀和蓝胸脯的孔雀。当它们向着太阳展示漂亮羽翼的时候，那尾巴漂亮的令人惊讶。那个养育它们的女人常常跳舞让它们开心，动作古怪但却好看。她的目光炯炯有神，她的鼻孔长得如燕子的翅膀。在一个鼻孔里还嵌着一朵花，是用珍珠雕成。她开心的舞蹈着，脚踝上一对银镯响起来十分悦耳。所以你没有必要胡思乱想了，跟我一块儿去看看吧。"

可是年轻的打渔人一声不响，却用封条把他的嘴唇封起来，用绳子把他的双手绑起来，准备回到他来的地方，他来到他的小人鱼平常在那儿唱歌的小海湾。他的灵魂一路上一直在对他引诱，可是他也不理睬，也不肯再听它的摆布；爱的力量让他不顾一切！

到了海边，他让自己恢复原样，他呼唤起小人鱼来。可是她并没有出现。他不停地呼唤，求她出来，最终小人鱼没有来。

他的灵魂看不起他，对他说："你并没有像你说的那样幸福。你就像那个很久以前往漏船里倒水的人。你付出了所有，却没有得到一点儿回报。你听我安排，我知道欢乐谷在哪儿，那儿有你要的东西。"

可是年轻的打渔人还是对灵魂无动于衷，他自己在一个岩石缝隙里盖了一个住处，在那里住了一年。他每天盼望与人鱼见面，叫她的名字。可是她却一次也不曾出现，他找遍了海里的所有地方，可是总是失落而归。

他的灵魂不断地打搅他，老是对着他的耳朵窃窃私语。可是他对这一切不理不睬，他的爱的力量太大了。

这一年过去了，灵魂终于明白："我引诱过我的主人，而他只想着小人鱼。现在我要对他实行善的引诱，他有可能会听我的。"

他就对主人说："我跟你讲过愉悦的事情，可是你无动于衷。现在你听听世界上的痛苦，也许你会有所收获。说句老实话，痛苦主宰着一切，无人能够摆脱掉。有的人衣衫褴褛，有的人最终饿死。有的寡妇穿紫袍，有的寡妇穿破衣。麻风病人流浪街头，他们彼此都很残酷。乞丐随处可见，身上没有一分钱。饥荒疾病充满了整个城市的大街小巷，到处都是瘟疫。来，让我们做些什么，设法改善这些事情，让生活变得美好。既然你爱人不肯见你，干吗你还要这么执著呢？爱到底是什么，你值得为它付出一切？"

可是年轻的打渔人还是无动于衷，他心里只有小人鱼，他每天叫她的名字。可是她还是没有出现，他找遍了海里的每一个角落都找不到她，在海中的河里，在浪下的谷里，还有不见阳光的海里，在淡蓝色的海滩，都不见她的身影。

第二年又过去了，年轻的打渔人还是只有一个人，他的灵魂对他说："喂！我对你用尽一切办法，可是你对我不理不睬。所以我不再打搅，我能否进到你心中去？那样我就可以像原来那样与你合成一体了。"

"好吧，"年轻的打渔人说，"因为孤单的你，在漂泊的那些日子里，你一定过得很艰难。”

“哎呀！”他的灵魂叫起来，“我无法与你合成一体，你的心让爱缠得让我进不去了。”

“可是我倒希望我能做些什么，”年轻的打渔人说。

话音刚落，海里传来一声哀叫，好像人鱼族死的时候发出的声音。年轻的打渔人跳起来，立刻跑出去，跑到海滩。黑色的浪涛滚滚而来，载着一个没有颜色的东西。它跟浪头一样，像一朵花一样随风飘浮于水面。浪头把它打翻，泡沫儿又把它从浪头上拿开，最后它飘到了沙滩，这时年轻的打渔人看见小人鱼的尸体。她躺在他的脚下死了。

他非常伤心，哭着扑倒在她身边，希望还能感受到她的体温和心跳。他倒在沙滩上，躺在她旁边，泪水模糊了他的双眼，只能把她紧紧抱在怀里。她那两片嘴唇已经冰冷，而他还是吻着它们。她头发上的蜜苦涩了的，可是他仍旧伴着泪水快乐地品尝。他吻着紧闭的眼皮，泪水打湿了她的脸颊。

他对着尸体后悔自己的所作所为。他把一肚子的苦水说给她听。他把她两只没有体温的手挽在他的脖子上，用手指头感受她那细细的咽喉管。不知这样的举动令他是喜是悲。

黑色的海水缓缓流过，白色的泡沫儿不停的呻吟。海水不断冲刷着海岸。海王的宫里又传出了哀叫声，在以前他们的约会的地方，半人半鱼的海神们用号螺吹出令人心酸的声音来。

“不好了，”他的灵魂说，“海水已很近了，要是你还不走的话，你会死的。快逃开，我实在害怕，我知道因为你太思念你的小人鱼，我无法与你合为一体。快逃到一个安全的地方去。你难道会让缺乏一颗心的我再次孤单的去流浪？”

可是年轻的打渔人什么都听不进去，却一心唤着小人鱼说：“我不要‘智慧’，也不要财富，我只要你。火烧不毁它，水淹不没它。我在太阳升起时候唤你，你不回答我。月亮都听到了你的名字，而你还是没有出现。因为我不该离开了你，我后悔当初离你而去。可是我永远爱你，我们的爱让我无所畏惧。现在你死了，我也要去陪你。”

他的灵魂阻止他这样做，可是他不听，他只想着小人鱼。海水逐渐逼近，他们快被海浪侵蚀，他知道自己也活不久了，他疯狂地吻着人鱼的冰冷的嘴唇，他的心已经没有牵挂了，就在这一时刻灵魂乘虚而入，它好像以前一样地与他成为一体了。海浪却将打渔人沉到海底。

因为海浪实在太大，神父就出去给海祝福。随从他的还有许多人。

神父到了海边，看见年轻的打渔人被海浪侵蚀的样子，怀里抱着小人鱼的尸体。他便若有所思的向后退。他边画十字，边高声叫着说：“海是可恶的，我讨厌它。人鱼族是该诅咒的，所有跟人鱼族有来往的人都不会有好下场的。至于他呢，他为了爱情不顾一切，他只好陪着他那个受到诅咒的情妇一块儿躺在这儿，死后也不能在一起，把它们埋在漂洗工地的角上，什么也不写，也不需要什么记号，不要让人知道他们的安息地。因为他们从生到死都不应该有好下场。”

人们按步就班，在漂洗工地的角上，很不起眼的地方，他们就在那儿把他们埋了。

第三年又过去了，同样是这一天，神父走到礼拜堂里，他要让人们了解主的伤痛[①]，他要向他们知道上帝的愤怒。

他准备好一切，走进礼拜堂，在祭坛前跪拜的时候，看见祭坛上放满了鲜花。这种鲜花世上少有，看起来怪极了，而且非常美，他被深深的吸引住了，他也经不起花香的诱惑。他觉得很快乐，却不知道为什么会这样。

他打开了圣龛，和以往一样把香焚燃，把好看的圣饼拿给人们看，然后又把它放回原处。他开始给人们授课，想讲解上帝的愤怒，可是心里还想着好些花，它们的气味扑鼻而来，于是他转移了话题，他讲解的不是原本的东西，而是那个叫做“爱”的上帝。他也对自己说的话感到奇怪。

神父说完了他的话，人们感动地流下眼泪。他回到圣器所[②]里，自己也忍不住内心的季动。执事们进来，为他脱去法衣，松开腰带、饰带[③]，又脱下了白麻布法衣，和圣带[④]。他站在那里顿时不知所措。

他忙完更衣后，望着他们说：“坛上放的是什么花，它们是在哪儿采摘的？”

他们回答他：“我们不知道那是什么花，它们来自漂洗工地的角上。”神父有点害怕。他回到了自己的住处，开始祷告起来。

早晨，天蒙蒙放亮，他便同礼拜堂所有的人来到海边，向海祝

---

① 指耶稣基督在十字架上所受的伤。
② 圣器所，教堂中藏纳圣器的地方。
③ 指罗马教士在举行圣餐礼时左臂上佩的饰带。
④ 披在肩上，两边下垂及地，主教或祭司服饰。

福，向海中的所有野东西祝福。他也祝福了牧神和森林中跳舞的小东西，包括从树叶缝中窥视别人的东西。他祝福世间所有的生灵，人群中撒满了幸福和愉悦。可是从此在漂洗工地的角上不再开出美丽的花朵，那个地方又回到了从前那样，光秃秃的。人鱼们离开了海湾，因为他们游去新的海底世界。

星 孩

从前，有一天晚上，两个穷樵夫正走在回家的路上。正值冬天，大雪下个不停。地上铺着厚厚的积雪，树枝上也是如此。他们走过的时候，小树似乎冻死了；他们来到瀑布跟前，发现瀑布也被冻住了，因为她与冰王合二为一了。

这个夜晚能把人冻死，连鸟兽都难逃一劫。

顶着风雪的狼从矮林中摇摇晃晃地走出来，嗥道："唔！真是个鬼天气。政府为什么不想个法子？"

"啾！啾！啾！"绿梅花雀叫道，"风雪的日子来临，人们用白寿衣把大地收殓了。"

"大地要做新娘了，这是她的新娘嫁衣，"斑鸠在悄悄地说。他们的小红脚冻得很严重，可是他们还很浪漫的看雪景。

"胡说！"狼咆哮道，"你们要知道，错误全在政府，要是你们认为我冰的不对，我就要吃掉你们。"狼总是想着自己的利益，他寻找个好的理由是轻而易举。

"啊，至于我呢，"啄木鸟天生就能说会道，他插嘴道："我讨厌这种说法。一件事，要实话实说，现在天气冷极了。”

天气的确太冷。小松鼠们冻得全身发抖，不断地相互摩擦对方鼻子取暖，兔子们不敢出来，一眼都不敢朝门外看！似乎惟一不讨厌这种天气的就是大角鸥。他们的羽毛在风雪中冻得很硬，可是他们不怕冷，他们炯炯有神的眼睛骨碌碌地转动着，互相叫着对方：“吐毁特！吐伙！吐毁特！吐伙！天气多好啊！”

两个樵夫只想着早点到家，一路上使劲地磨擦取暖，他们的靴子钉有铁钉，走起来很沉，在大雪地乱踩着。有一回他们遇到雪崩，爬起来的时候，好像掉进了面粉的袋子；还有一次他们在容易跌跤的冰（沼地上的水冻成了冰）上滑倒，他们绑柴的绳子断了，他们只好捡起来重新捆绑；还有一回他们感觉好像走错了路，心中很害怕，因为他们知道睡在雪里就别想活着回去。不过他们坚信，圣马丁会守护着一切离家在外的人①，便顺着脚印退回去；他们小心地移动脚步，终于看见了树林口，看见来自家中的灯光远远地闪烁。

他们看见自己快要到家了，心中兴奋无比，便高兴的大叫。在他们的眼中，大地犹如一朵银花，月亮好比一朵金花。

然而他们笑过以后，又感到悲伤，他们想到了潦倒的生活，一个樵夫便对他的伙伴说：“我们怎么能笑得出来呢，既然生活厚待有钱人，而不管我们的死活？我们宁可冻死在林子里，或者让野兽抓住而把我们吃掉。”

“说得对，”他的伙伴答道，“有的人什么都有，有的人吃不饱，

① 圣马丁，司旅行之神。

穿不暖。不公平已经把世界分掉了。可是烦恼却人人都有。”

就在他们正在讨论他们的饥寒交迫的时候，发生了一件意料不到的事情。有一颗很亮、很美的星从天上掉下来。它划去其他星星堕落下来，他们感到很奇怪，觉得它好像落在了一丛柳树的后面，离他们没几步路。

“呀！谁能得到它就可以变成富人了！”他们叫道，便跑起来，因为他们实在厌倦了当前的生活。

一个樵夫箭步如飞，他首先到达那里，从柳树丛中穿出去，到了星星掉下来的地方，看呀！雪地上面的确有一个金的东西。他连忙跑去看个仔细，用两只手去摸它，这是一件昂贵的金线斗篷，上面绣了许多的星星，看上去价值不菲。他大声告知他的伙伴他已经知道那是什么东西了，等他的伙伴走过来，他们就坐在那里，打开折叠的斗篷，准备当个有钱人。可是，啊哟！那里面没有金，也无银，什么值钱的东西都没有，只有一个睡着的婴儿。

其中一个人便说：“莫非我们注定发不了财，我们只有当穷人的命，一个小孩儿对男人有什么用呢？我们还是把他丢在这儿，赶紧回家吧。我们都很贫穷，还有家人要照顾，我们怎么能养活这个孩子。”

可是同伴却回答道：“不，不能把这个小孩儿留在原地，让他在雪里冻死，这是不道德的事情，虽然我们没钱，还要供好几口人，粮食也就那么一点儿，可是我还要收养他，我的妻子会照顾他的。”

他谨慎地抱起小孩儿来，用斗篷裹住他的身子，生怕他冻着，随后便走下山向家中走去，他的执着和他的菩萨心肠招来了伙伴的前去观看。

他们回到家中，伙伴对他说：“婴儿归你，那么我就留下斗篷吧，这才公平。”

可是他回答：“不，因为斗篷是捡来的，它是小孩儿自己的。”他便跟他的朋友说了声再见，回家了。他敲着门。

他的妻子开了门，看见丈夫回到家中，她搂住他的脖子和他亲热，又替他拍了拍身上的雪，还刷去他靴子上的雪，叫他赶快进来暖和一下。

可是他对她说：“我在林子里发现一个东西，我捡回来要你照顾。”他坚持不肯进屋。

“是什么呢？”她大声问。“快让我看，我们是这么穷了，我们正求之不得呢。”

他抱出小孩，给她看了看捡来的婴儿。

“啊哟，亲爱的啊！”她吞吞吐吐地说，“难道你觉得我们自己的小孩儿还不够多，你就再换一个孩子[①]到我们家里来吗？谁能保证他会给我们带来好生活呢？我们的粮食已经不够了！”她对他生气了。

“可是这是天上掉下来的孩子啊，”他答道，他就把事情的经过及发现小孩的过程对她讲了。

可是她还不同意，她讽刺他，生气地讲话，并且嚷着：“我们自己的小孩儿都吃不饱，难道还要照管外人的小孩子吗？我们自己

---

① 传说有仙女拿一个奇丑的小孩换了别人的美丽的孩子去，所以“换来的孩子”不受人欢迎。

怎么办呢？谁又来养活我们呢？”

“别这样，上帝是仁慈的，上帝不会抛弃任何生命。”他答道。

“很多人都是在风雪之日因为没有食物而死掉吗？”她问道。“现在不就是这样吗？”

她丈夫不言不语，就一直站在门外。

一股冷风袭来，她打了一个冷战，哆嗦起来。她就对他说：“你就一直站在门外吗？冷风吹入屋里来了，我怎么办啊。”

“吹进没有爱心的人家里来的风不都是冷的吗？”他反问道。妻子无语应答，只靠炉火更近了。

过了一会儿，她放心不下他，他已经冻得不行了。他连忙进屋，让她怀抱着小孩。她很喜欢这个婴儿，把他放到一张小床上去，那是他们自己最好的床。第二天樵夫收起那件特别的金斗篷，放进一个大柜子里去，他妻子也取出孩子脖子上戴的琥珀项链交给丈夫。

樵夫把星孩视如己出，在一起吃饭，在一处玩。他长得健康俊俏，村子里所有的人都好奇：为什么大家都是黑色皮肤，黑头发，而只他一个人和大家完全相反，像质地精良的象牙一样，他的鬈发又像美丽的仙草。他的嘴唇红通通的，他的眼睛炯炯有神，他的身体细长但又健康。

可是他的美貌改变了他的性格。因此他变得冷漠无情了。他轻视自己的兄弟姐妹，也轻视村子里别的小孩儿，说他们是穷人，而他自己很高贵，来自天上的星星，他自认为自己是王子，称他们做他的佣人。他看不起穷人，对盲人或别的残疾，不论是否健康乞丐，他都冷漠的对待，他反而向他们丢石头，把他们赶到大路上去，吩咐他们不要靠近他。因此在他住的地方除了无赖外，就再没有人来乞讨了。他很骄傲自大，瞧不起孱弱和丑陋的人，讽刺他们；他很自恋，在夏天风静的时候，牧师的果园内有口水井，他会躺在那里，欣赏自己在水上映出的俊俏脸孔，并看到自己的貌美而兴高彩烈。

樵夫夫妇两人不断教导他，说："你对待需要帮助的人为什么那么冷漠，而我们却不曾那样对待过你。为什么你总是不肯伸出援手呢？"

老牧师常常找他去，教导他要变得热情，对他说："苍蝇与你是朋友。你要保护它。那些在林子里飞翔的野鸟有它们的生活的权利，你不能想抓它们就抓它们。蛇蜥和鼹鼠都是上帝造的，每个人都有同等的地位。你应该把欢乐分享给每一个人，就连家中的牲畜都会对上帝有所赞美的。"

可是星孩始终无动于衷，显的有些生气，藐视地走开去，找他那些同伴，又强迫当他们的领导。他的同伴都听从他，因为他长得好看，而且脚步轻快，会跳舞，会吹笛，会唱歌。不管星孩去哪里，他们都愿跟着他；不管星孩要他们做任何事，他们都百依百顺。他用一根尖的芦苇惨害小动物的时候，他们都笑了；他欺负麻风病人的时候，他们也笑了。任何事情他们都听从他，他们的心肠也变硬了，就跟星孩的完全一样。

有一天，一个可怜的讨饭女人来到了村子。她衣衫褴褛，双脚让难走的道路磨得血淋淋的，让人看了很同情，她走累了，坐在一棵栗子树下休息。

可是星孩看见她，便讽刺的说："看啊！那里来了一个讨饭的女人。来，我们把她赶走，她太丑、太难看了。"

他赶她走，朝着她扔石子，嘲笑她，她一直望着他，充满了恐惧。樵夫正在附近的一个草料场里砍木头，看见了星孩的行为，便跑过去责备他，对他说："你实在太不像话了，没有一点儿善良心，这个可怜的女人又没有惹到你，为何你如此对待她呢？"

星孩十分生气，踏着脚说："你算老几，敢来教训我？你又不是我父亲，不听你的差遣。"

"你的话没错，"樵夫答道，"我在林子里发现你的时候，就想把你抱回去好好抚养。"

女人听见这句话，发声大叫，就晕了过去。樵夫救了她，让妻子照管她，等她身体恢复后，他们又给她拿食物招呼她。

可是她什么心思也没有，却只顾问樵夫："你不是说那个孩子是你捡回来的吗？是不是在十年前的今天？"

樵夫答道："是，就是你说的那样，我在林子里发现他的。"

"你发现他的时候，他身上有什么记号吗？"她叫道。"脖子上有一串琥珀项链吗？他还包着一件绣着星星的金线斗篷？"

"你说的对，"樵夫答道，"与你说得一模一样。"他从柜子里取出了斗篷和琥珀项链，让她过目。

她面对这些东西，喜极而泣，她说："他正是我在林子里丢失的小儿子。我要和他相认。我为了寻找他，已经走遍了天涯海角。"

樵夫和他妻子便走出去，把星孩叫进来，给他说了事情的经过，说他母亲正在等他。

星孩高兴地跑进屋去。当他看见一个乞丐在那儿，便嘲笑的说："喂，我母亲在哪儿？这儿就只有一个让人厌烦的乞丐。"

女人回答他说："我就是你的母亲。"

“你脑袋有问题吧，”星孩生气地嚷道，“你不是我妈妈，因为你是个乞丐，又丑，身上穿的衣服又很破。你还是滚远点儿吧，见到你我只会恶心。”

“不，我就是你母亲，我在林子里生的你，”她大声说，便走近他，想去拥抱他。“强盗把你从我身边偷走，让你自生自灭，”她喃喃地说，“可是我一看到你，我就知道你是我儿子，我也认识那些信物：金线斗篷和琥珀项链。我求你认我吧，我为了找寻你，流浪天涯海角，我的儿，你跟我走，因为我很想和你团聚。”

可是星孩呆呆站在那里，她的话还是没有打动他，屋子里只有那个女人的痛苦的哭声。

最后星孩开口说话了，他的声音冷淡，没有半点的热诚：“假如你真的是我母亲，你还是滚吧，我觉得你让我丢脸。因为我从来都把自己当作是一个没有妈妈的小孩儿，万万没料到我是一个讨饭女人的儿子。所以你还是离开吧，我不想再见到你。”

“啊哟！我的儿，”她叫道，“你能抱我一下吗？我为了寻找你负出了多少汗水啊。”

“不，”星孩说，“你长的那么难看，我宁肯抱毒蛇、抱蟾蜍，也不要抱你。”

那个女人站起来，心碎的离开了。星孩望着她远去，非常高兴，就跑回小朋友那儿去，还想继续玩耍。

可是他们看见他来了，大家都讨厌他，说：“看啊，你连自己的妈妈都不认，你多无情啊。你滚开，我们不和你当朋友。”他们把他赶出了花园。

星孩有些纳闷自言自语：“我怎么听不懂他们在说什么？我要

到水井旁边看个明白，水井会告诉我，我多俊俏。”

他便来到水井旁边，照了照自己，啊！他的脸就像蟾蜍一般，他的身子如毒蛇那样还长了鳞。他扑倒在草上哭起来。他对自己说：“这绝对是因为我不认母亲才变成了这样。这是上天给我的惩罚，我知道自己错了。所以我要去，无论天涯海角都要找到她，若是找不到她，我就誓不罢休。”

樵夫的小女儿走到他身边，好心地对他说：“你不再俊俏也没关系，那有什么重要呀？请你留在我们这儿，我不会嘲笑你。”

他对她说：“不，我是个冷酷无情的人，这个灾难就是对我的惩罚。所以我要找回母亲，把全世界都找遍，一直到我找着为止，请她原谅我。”

他穿梭于树林之中，一路上呼喊着自己的母亲，希望她出现，可是他得不到一声回应。他不停呼喊着，到天黑的时候，他便躺下来，席地而睡，鸟和兽都退避三舍，因为他们还不曾忘记他的所做所为，除了蟾蜍和毒蛇，别的生物都不愿接近，蟾蜍和毒蛇陪他过夜。

早晨他站起身来，随便吃点苦果填饱肚子，又伤心地哭着，穿过大树林不停地找寻。不管他遇到什么东西，他都向他们寻问，是否见过他的母亲。

他对鼹鼠说：“你可以做你想做的事情。告诉我，你是否看见我的母亲？”

鼹鼠答道：“我的眼睛还让你弄瞎了。我怎么会知道呢？”

他对梅花雀说：“你可以飞上天空，能够看见全世界。告诉我，你知道我母亲在哪儿吗？”

梅花雀答道："你玩耍的时候剪掉了我的翅膀。我如何飞上天空呢？"

他又问那只失去母亲在寂寞地过着日子的小松鼠："你看见我的母亲了吗？"

松鼠回答："我母亲让你杀死了。难道你还想杀自己的母亲吗？"

星孩儿哭了，他无可奈何地，恳求上帝创造的万物原谅他，又继续穿过林子走去，找寻他的母亲。到第三天他走出了树林，来到了大平原。

他经过人们面前的时候，小孩们都嘲笑他，丢石子打他，乡下人也不给他住的地方，因为他的样子很脏，怕他会带来恶运，长工也赶他走，无任何人同情他。他始终没有打听到母亲在哪里。虽然经过了三年的时间他走遍了天涯海角，他常常觉得她就在他身旁，他呼唤，追赶，一直到他的脚流血不得不停下来。他还是无法找到，那些在路旁居住的人都说不曾看见过她或跟她类似的女人，他们对他毫无同情之心。

三年来他走遍了每一个角落，在这个世界中他得不到任何温暖的力量，然而这正是恶有恶报。

有天晚上他到达一个地方，这是一座依水而居的城，四周围着坚固的城墙，他虽然没有力气，而且脚又痛，可是他还是不放弃。然而守城的兵士们不让他进去，粗暴地说："你进城想干什么？"

他答道："我找我的母亲，我要去找我的母亲？她可能就在这个城里。"

可是他们讥笑他，一个兵玩弄他那黑的胡须，放下他的盾牌，大声说："你母亲肯定很讨厌你，因为你比难看的蟾蜍和恶心的毒蛇还要令人厌恶。滚开！滚开！你母亲不在这里。"

另一个兵手里拿着黄旗问他："谁是你的母亲，你为什么要找他？"

他答道："我们都是乞丐，我以前把她赶出来，我求你们准许我入城，我要乞求她的原谅，也许她会在这座城里。"他们仍旧对他置之不理，他们还拿长矛戳他。

星孩无奈地离去，而这时有一个人走过来了，他穿一件昂贵的铠甲。他的盔上蹲着一头有翅膀的雄狮，他向守兵询问刚才发生了什么事情。守兵回答道："那是一个乞丐，又是一个乞丐的儿子，我们没有让他进城。"

"不必，"那个人大笑着说，"我们把他卖了能赚几个钱，价钱能够喝一碗甜酒。"

一个相貌凶恶的老人正好路过，他大声说："我愿意买下他，"说完便付了钱，拉着星孩的手带他进城去了。

他们穿过了一些房子，来到一个人家，种着一棵显眼的石榴树，就在树荫下的墙上开了一道小门，老人用一只精美的碧玉戒指在门上敲了一下，门开了。他们穿过五级铜阶，来到一个神奇的黑色罂粟花的花园里，园里还放了好多绿色瓦罐。老人从他的头巾布上拿下一块儿小布蒙在星孩的眼睛上，让星孩在前面开路。等到他把小布给星孩解开的时候，星孩才知道自己被关进了一个地牢里，那儿亮着一盏牛角灯。

老人端来一些吃的，里面是发了霉的面包，他冷漠地说："吃吧，"又把一杯苦涩的水递给他，不耐烦地说："喝吧，"等他吃喝完了，老人便锁上了门独自离开，又用一根铁链把门拴牢。

第二天老人又出现了。这个老人原来是利比亚[①]最厉害的魔术家，他的师父是一个住在尼罗河坟墓中的魔术家。他凶恶的看着星孩，大声说道："在这儿不远的一个树林里，有三块金钱，一块是白金，另一块是黄金，第三块金钱是红的。今天我要你去拿白金，你快点去，在天黑的时候，我要你完成任务回来。你一定要把白金拿回来，否则你会有皮肉之苦，因为你是我的奴隶，我把你买了回来。"他又用那块小布蒙住星孩的眼睛，领着星孩走出房屋，按进来时的那条路走了出去。他又用那个戒指开了门，把星孩放到街上去了。

星孩被赶了出来，走到魔术家所说的地方。

在一般人眼中，林子是非常美丽的，好像里面生机勃勃，星孩高兴地走进去了。可是树林的美反而让他更加艰难，因为不管他走到哪里，地上都坎坷难行，拦住他的去路，凶恶的荨麻刺痛他，蓟也拿它的刺来戳他，弄得他精疲力尽。他一整天都在林子里到处找，就是没发现魔术家所说的那块白金。到了天黑的时候他伤心地哭着准备回去，因为他明白要面对的命运是什么。

当他刚转身要走，听见树丛中忽然传来一些声音，好像有人在悲惨的哀叫。他忘却了自己的事情，又跑回到那个地方，他看见一只小兔掉进陷阱出不来了。

星孩可怜它，把它放了，对它说："虽然我自己卖给了别人，但我能够给你自由吧。"

---

① 利比亚，北非洲古国名。

兔子回答他："你的确帮了我很大忙，我拿什么来感谢你呢？"

星孩对它说："我在寻找一块白金，可是我不知道它在什么地方？要是我不能完成这个任务回去交给主人，他就要打我的。"

"你跟我来吧，"兔子说，"我会帮助你的，因为我知道藏它的地点，而且知道它的秘密。"

星孩便听了兔子的话，看啊！在一棵老橡树的裂缝中藏着那块白金。他高兴极了，跑去拿起来，对兔子说："我做的事微不足道，你却加倍地偿还我了，你真是滴水之恩，涌泉以报啊。"

"你言重了，"兔子答道，"这不过是互相帮忙罢了。"它说完便赶忙离开了，星孩也就走回城去。

城门口坐着一个麻风病人。看不清他的长相，眼睛充满了血丝，看着经过的人。他看见星孩的出现，便摇着他的铃儿，敲着一个木碗，唤着星孩道："帮帮吧，否则我就要饿死了。他们不让我住在里面，什么人都不同情我。"

"唉！"星孩无奈地说，"我口袋里就只有一块钱，要是我送给你而不交给主人，我会挨打，因为我没有自由。"

可是麻风病人十分可怜，最后星孩还是做了善举，便把白金送给了他。

星孩回到魔术家那儿，魔术家又把他带进地牢问他："你完成任务了吗？"星孩说："我没有。"魔术家便把他推到在地，打了他一顿，随后给他同样的食物，说一句："吃吧，"又给了他同样的水，说一句："喝吧，"然后又把他关进地牢之中。

第二天魔术家又来命令他："要是你今天找不到那黄金，我一定打你三百下鞭子，因为你是我买来的。"

星孩便动身向树林走去，他在林子里找寻了一整天，还是没有找到黄金，到了天黑时他就坐在地上，开始哭起来，就在这时，他救过的那只小兔子又来了。

兔子对他说："你为什么哭？你在这儿有事情吗？"

星孩答道："我的任务是拿到一块黄金，要是我不能找到它，我要被鞭打三百下，被当做奴隶看待。"

"你随我来，"兔子大声说，星孩紧跟着兔子，一直跑到一个池子附近。那块黄金就在池子底。

"我要怎么报答你呢？"星孩说，"你看，这是你第二次帮助我了。"

"不啊，我不图回报，"兔子说完，赶忙跑开了。

星孩取出黄金，把它小心翼翼的拿着，心急火燎地向城内走。但那个麻风病人认出了他，跑到他的面前，跪在地上，大声叫："给我一块钱，否则我活不下去了。"

星孩回答他："除了一块儿黄金，我没有可以给你的东西，要是我把黄金给了你，我会饱受痛打，把我当奴隶看待。"

可是麻风病人还是很可怜，星孩又被他打动了，把黄金给了他。

星孩回到魔术家那儿，魔术家把他带进地牢，问他："你完成任务了吗？"星孩回答："我没有。"魔术家又把他推倒在地，打了他一顿，用链把他锁起来，再一次把他关进地牢之中。

第二天魔术家又告诉他："我今天要你取回红金，完成任务你就可以离开，不过你要是不能完成任务，你就会死在这里。"

星孩就动身到森林中去，他在林子里东摸西找，却始终找不到红金。到了傍晚，他坐在地上，哭起来，他哭得心痛的时候，小兔子跑到他的身边。

兔子对他说："把身子转过去，你要找的红金就在你背后。所以你就能完成任务了，你要高兴啊。"

"我怎样感谢你呢？"星孩叫道，"你看，我欠你三次情了。"

"不啊，我不求回报，"兔子说完，连忙跑开了。

星孩转身后在一个洞里找到了红金。他小心翼翼地拿着，心急火燎向回赶。那个麻风病人又冲上前来，站到路中央唤他，对他说："我要你的红金，不然我就会死。"星孩又被他打动了，给了他那块儿红金，一面说："你好好活下去吧。"然而他心事重重，因为他心中清楚将面对悲惨的恶运。

可是看啊，他回到城门的时候，守兵都躬身对他行礼，称赞着："欢迎皇上归来！"一群市民尾随在他后面，欢呼："真是一个美丽的皇上！"星孩听见却伤心落泪，一面对自己说："他们看不起我，拿我的痛苦开心。"人越聚越多，他被人群不知挤到了哪里，后来发觉自己在一个大广场上，眼前是一座富丽堂皇的宫殿。

宫门大开，僧侣和大臣欢迎他的归来，对他躬身行礼，说道："您是这座宫殿的主人，您是我们国王的儿子。"

星孩回答说："我是一个乞丐的儿子，你们搞错了。我怎么会好看呢？我知道我很难看。"

这时候那个要卖掉他去买酒喝的守卫，大声说："皇上怎么说自己不英俊啊？"

星孩在盾牌面前照照自己，他的脸又像以前一样了，还是那么英俊，并且他还发现自己的眼睛里有一种从前不曾有过的东西。

僧侣和大臣们尊敬地对他说："从前这里传说，那个应该来给我们当国王的人在今天出现。所以请我们的皇上接受这宫殿，用智慧领导臣民吧。”

可是他却说：“我没有条件，因为我拒认我的生母，除非她出现，她能够原谅我，否则我誓不罢休。你们还是让我去找我母亲吧，因为我惟一目标就是找到她，既使你们把王冠和节杖拿给我，我也不会答应的。”他这样说了，便转身跑出宫殿，看啊！在衔道两旁簇拥着一大群人，在这一大群人中间，他看见了自己的母亲，站在她旁边的便是那个他帮助过三次的麻风病人。

他欣喜若狂，连忙跑过去，跪倒在地，看到母亲的伤口更是哭泣不止。他把头俯到地上，抽泣着，似乎在乞求什么，他对她说：“母亲，在我得意的时候把你赶走。现在在我卑屈的时候你还认我吧。母亲，我讨厌过你。现在我希望你爱我吧。母亲，我抛弃过你，现在请你原谅你这个儿子吧。”可是乞丐一声不响。

他又伸出手去乞求麻风病人，用充满可怜的表情，对那个人说：“我救过你三次。请你劝我母亲让她原谅我吧。”可是麻风病人只字不说。

他又哭起来，说：“母亲，我很后悔，我实在不想失去您。饶恕我吧，让我回到你的身边。”乞丐轻轻地摸着他的头上，对他说：“起来，”麻风病人也用原谅的语气，说：“起来。”

他起身，望着他们，啊！他们原来是国王和王后。

王后对他说：“这就是你帮助过三次的父亲。”

国王说：“这是你的母亲，她已经原谅你了。”

他们紧紧的拥抱在一起，带他到宫里去，给他穿上漂亮的衣服，给他加冕王冠，把节杖放到他的手里，他治理着整个宫殿，成为它的主人。他对所有的人都和蔼可亲，惩罚了那个坏魔术家，又送了许多稀世珍宝给樵夫夫妇，对他们的儿女也提供了很多帮助。他要求所有人亲切和仁慈，让穷人过上衣食无忧的日子。让百姓安居乐业，国家长治久安。

然而他治理的时间不长，因为他受的苦太深了，受到的磨炼也太多了，所以他只统治了三年。他死后继承人却是一个很坏的国王。